기연에 미친 무공천재

DECA MEDIA

기연에 미친 무공천재 1

초판 1쇄 2025년 9월 15일

지은이 자의(子儀) · **발행인** 김정수 · **고문** 이종주
발행처 데카미디어 · **출판등록** 2025년 4월 17일
주소 서울시 영등포구 당산로 214 · **E-mail** tradejjang0@gmail.com
유통 · 판매 관리 (주)행운사 · **Tel** (031)901-1137 · **FAX** (031)901-4140
E-mail luckybogo222@naver.com · luckybogo222@daum.net

ISBN 979-11-7513-022-7 (1권)
ISBN 979-11-7513-021-0 04810 (세트)

기연에
미친
무공천재
1
자의(子儀)
신무협 장편소설

차 례

1장
무협 게임 속 낭인이 되었다

"에라이, 썅!"

극도의 빡침에 들고 있던 게임 패드를 집어 던졌다.

-와장창!

패드가 산산조각 나서 방바닥에 후드득 떨어졌다.

허나 정작 당사자는 신경도 쓰지 않았다.

게임 패드 따위 얼마든지 있으니까.

중요한 건 그게 아니다.

화가 머리끝까지 치밀어 올라 고혈압으로 죽을 것 같은 더러운 기분이 진짜 문제였다.

씩씩대다 결국 참지 못하고 머리카락을 마구 쥐어뜯었다.

"아아아아악! 젠장! 젠장! 제에엔장!"

한참 동안 분통을 터뜨리다 핏발 선 눈으로 화면을 노려봤다.

'업적도 99%'라는 문구가 약 올리듯 떠 있었다.

어째서 이렇게 화가 난 것일까?

여기에는 나름 깊은 사연이 있다.

몇 년 전 뜬금없이 한국 개발사에서 무협 기반 게임을 출시한다.

타이틀은 '제천(制天-Rule The Sky, RTS)'.

개발비가 무려 5,000억 원이나 투입된 트리플 A급 게임.

무슨 정신머리로 이런 말도 안 되는 프로젝트를 추진했는지, 또 누가 이런 거금을 투자했는지 알려지지 않았지만 아무튼 그렇게 했다.

결과는 엄청났다.

출시 직후 버그를 찾아볼 수 없는 압도적인 완성도와 게임성으로 그 해 'GOTY'를 비롯해 각종 게임 관련 시상식을 휩쓸었다.

중국은 언제나처럼 한국이 자국 문화를 베꼈다느니 한국엔 문화가 없다느니 하며 열폭을 시전했다.

하지만 중국 본토에서만 4,000만 카피가 판매됨은 물론이고 불법 복제까지 넘쳐나자 한국 네티즌들은 열렬한 비웃음으로 응대해 줬다.

'제천'은 매력적인 요소로 가득하지만 그중 최고로 꼽는 게 바로 수많은 서브 퀘스트.

고작 서브 퀘스트임에도 손에 땀을 쥐게 만드는 에피소

드는 게이머들에게 깊은 인상을 심어주었다.

또 퀘스트 수행 결과에 따라 수많은 분기를 야기하고 플레이어의 선택이 모두 엔딩에 반영되기 때문에 허투루 할 수도 없다.

덕분에 동서양을 가리지 않고 수많은 '제천덕후'들이 서브 퀘스트에 파고들었다.

목표는 오직 하나.

업적도 100% 달성!

이 열풍엔 '제천' 개발사가 가장 먼저 업적도 100% 데이터를 가져온 사람에게 지급할 거라 공언한 상금 1,000만 달러의 역할이 결정적이었다.

막대한 상금이지만 이로 인한 마케팅 효과로 기어코 1억 카피를 달성했으니 결코 손해가 아니지.

하지만 발매 후 수년이 지난 지금까지 업적도 100% 데이터를 가져온 사람은 나타나지 않았다.

게임 패드를 박살 낸 남자 역시 마찬가지였다.

"여기 있네."

부서진 패드를 쓰레기통에 버리고 씩씩거리며 벽장에 굴러다니는 게임패드 하나를 꺼냈다.

게임 패드에 묻은 먼지를 털며 상념에 잠겼다.

그 역시 업적도 100% 달성을 노리고 있다.

심지어 경쟁의 최선두였다.

그는 '제천'에 거의 미쳐 있었으니까.

게이머 인생의 절정은 53회차 플레이 당시 세계 최초 업적도 99%를 달성했을 때.

"……'제천' 글로벌 커뮤니티에 업적도 스크린샷을 인증하니까 영어, 일본어, 중국어는 물론이고 듣도 보도 못한 언어로 무수한 악수의 요청이 쏟아졌지."

말 그대로 하늘을 나는 기분을 만끽했다.

이때까지만 해도 곧 업적도 100%를 달성하고 상금 1,000만 달러를 타 갑부가 될 거란 확신이 있었다.

심심할 때면 부동산 어플로 강남 고급 아파트와 스포츠카를 알아볼 정도였으니 말 다했지.

……허나 결과는 보시는 대로.

여전히 업적도 99%에 머물러 있다.

46회차 플레이 동안 단 1%의 진전도 없었다.

고작 1%의 벽을 넘지 못하고 완전히 막혀 버렸다.

솔직히 지쳤다.

깊은 현타와 함께 세상만사가 귀찮아졌다.

"그냥 깔끔하게 포기하고 현생 복귀해?"

어렵지 않다.

성질만 좀 죽이면…….

하지만 늘 '탈제천' 발목을 잡는 건 이놈의 반골 기질!

비비 꼬인 더러운 성질머리 때문에 아직까지 미련을 버

리지 못하고 있었다.

다시 한번 캐릭터를 생성해 볼까 하는 생각도 든다.

말이 쉽지, 간단한 일이 아니다.

업적도를 달성하려면 '도산검림'이라는 최고 난이도 모드를 선택하고 캐릭터를 생성해야 한다.

이때 뽑기를 돌려 랜덤으로 캐릭터 특성이 결정된다.

한마디로 운빨 X망 겜이다.

리셋 노가다도 쉽지 않다.

좋은 특성을 받으면 가혹한 단점이 부여된다.

빅데이터와 뉴로 퀀텀 AI 어쩌고 하는 기술을 융합해 랜덤을 돌린다는데 이게 꽤나 절묘하게 밸런스를 맞춰줘 리셋 노가다 따위 거의 의미 없었다.

게이머 개인의 실력과 플레이 노하우가 중요한 것이다.

"……젠장. 이 짓을 또 해야 돼?"

아흔아홉 번이나 했는데?

평균 플레이 타임이 회당 500시간이 넘는다.

거짓말 조금 보태서 거의 50,000시간 동안 '제천'을 플레이한 거다.

매 플레이마다 살얼음판을 걷는 가혹한 여정이다.

선뜻 손이 안 갔다.

"……아, 몰라! 안 해!"

신경질적으로 게임 패드를 던졌다.

바로 그때.

-딸깍.

패드 버튼이 어디 튀어나온 곳에 부딪혀 눌러졌는지 캐릭터 생성이 시작됐다.

"어, 어어?"

그것도 무림출도 '낭인'으로.

순간 머릿속이 하얘졌다.

"아아악! 낭인이라니! 낭인이라니!"

다시 한번 머리카락을 쥐어뜯었다.

캐릭터 생성 시 세 가지 무림출도 중 하나를 선택해야 하는데 각각 '제천사', '청류무사', '낭인' 이렇게 3종이다.

지금까지 제천사와 청류무사로만 플레이해 왔다.

당연한 선택이다.

'제천' 플레이어들 사이에서 제천사는 귀족, 청류무사는 평민, 낭인은 노예로 통한다.

제천사와 청류무사는 전용 무공과 거대 세력을 등에 업고 시작하지만 낭인은 개털 그 자체.

이 갭이 너무 커 무림출도 '낭인'을 선택한 경우가 거의 없다.

일부 독특한 취향…… 을 가진 게이머들이 커뮤니티에 낭인 플레이어임을 인증하면 자학변태 혹은 불가촉천민 취급받고 극딜 당한다.

덕분에 '낭인' 플레이어들은 따로 게시판을 파서 자기들끼리 놀았다.

완전 마굴 취급이다.

그 역시 몇 번 플레이해 보고 학을 뗀 후 무림출도 낭인 따위, 상종도 하지 않았다.

어차피 업적도를 쌓는 건 세 가지 무림출도 중 어떤 루트를 선택하든 일절 영향을 주지 않는다고 제작사 측에서 오피셜을 때려줬기 때문에 더더욱 그랬다.

결국 편의와 내러티브의 문제랄까.

한데 낭인 캐릭터가 생성되다니!

"이런 젠장! 안 해! 더러워서 관둔다, 관둬!"

바닥에 대자로 드러누웠다.

허무했다.

그리고 아까웠다.

지난 몇 년의 시간이.

대학 졸업 후 취업도 포기한 채 상금 1,000만 달러를 노리고 '제천'에 완전 올인했는데.

이깟 게임이 뭐라고 황금 같은 20대를 낭비했을까.

"인생 참……."

결심했다.

'제천'을 지우기로.

이따위 답 없는 똥망겜에 더 이상 삶을 저당 잡혀선 안 돼.

몸을 일으켜 게임 패드를 집었다.

오늘이야말로 이 애증 덩어리를 콘솔에서, 아니 인생에서 삭제할 할 때다.

하지만.

세상일이란 왕왕 의도대로 돌아가지 않는 법이다.

"어?"

그의 눈이 점점 커졌다.

아니.

아예 부릅뜬 채 화면을 응시했다.

무공비급이 열리는 '제천'만의 독특한 연출과 함께 특성 항목이 주르륵 떠올랐다.

그의 시선을 잡아끈 건 두 가지 특성.

고유급 특성 〈철골금강지체(鐵骨金剛之體)〉.

신화급 특성 〈기린지재(麒麟之才)〉.

철골금강지체는 그리 대단한 특성은 아니다.

하나 수십 회차에 걸친 노가다 끝에 바로 직전 회차 플레이 당시 찾아낸 한 가지 기연 때문에 단번에 고유급을 가장한 전설급 특성으로 자리매김했다.

왜냐하면 철골금강지체는 '사상최강의 무공'을 익히는 데 반드시 필요한 전제 조건이었으니까.

그리고 신화급 특성 '기린지재'!

-〈기린지재(麒麟之才)〉(신화 등급) : 전에도 없고 후에도 없을 불가해(不可解)의 재능. 강호의 기인이사들 사이에 은밀히 존재한다고만 알려졌을 뿐 실제로 등장한 적은 천 년 무림 역사상 단 한 번도 없다. 어떤 무공이든 누구보다 빠르게 익힐 수 있으며 이에 그치지 않고 스스로 무공을 창안한다. 부가 특성 '기린안(麒麟眼)'을 획득한다.

"헉! 미친!"

'제천'엔 수많은 특성이 존재한다.

특성 목록이 거의 10,000개에 이르고 메이저 패치 때마다 수십 개씩 새롭게 추가되지.

특성은 수많은 서브 퀘스트 및 기연과 시너지를 일으켜 매 회차마다 새로운 분기와 재미를 낳는다.

'제천' 고인물, 아니, 썩은 물인 그는 당연히 특성을 달달 외우고 있었다.

그런 그조차 '기린지재'라는 특성은 처음 본다.

심지어 '제천' 역사상 한 번도 등장한 적 없는 신화급 특성!

현존하는 최고의 특성인 '봉황지재'도 전설 등급인데!

확실했다.

완전 로또 맞았다.

"예스! 예스, 예에에스!"

기쁨을 주체하지 못하고 어퍼컷을 날렸다.

식어가던 게임에 대한 열정이 다시금 활활 불타올랐다.

"기린지재와 철골금강지체면 달성할 수 있어. 업적도 100%! 무림일통을!"

'제천' 썩은물이 수많은 분석과 시행착오 끝에 도달한 결론.

무림일통(武林一統)!

전 무림을 발아래 꿇리고 무림일통을 이룩해야 업적도 100%를 달성할 수 있을 거라 확신했다.

……그 과정이 미치도록 어려워서 그렇지.

"낭인으로 시작하는 게 문제긴 한데…… 뭐 어떻게든 되겠지."

그렇게 플레이 버튼을 누르려는 순간.

눈에 들어오는 게 하나 있다.

바로 특성 탭 하단의 단점 부분.

"끄응. 분명 '기린지재'에 걸맞은 빡센 단점이 부여됐겠지?"

특성과 단점이 합쳐져 하나의 캐릭터 서사를 만드는 것.

그게 '제천'의 캐릭터 생성이니까.

곧장 단점을 확인했다.

-〈태음칠절맥(太陰七絕脈)〉: 음한 계열 절맥의 최고봉. 천재적인 오성과 절맥증 특유의 아름다운 외모를 지닌다. 하지만 전신 칠대혈이 태음지기로 막혀 하루 일곱 번 온몸이 얼어붙는 한기와 지옥 같은 고통에 시달린다. 절맥을 치료하지 않고 방치할 경우 캐릭터 생성 후 '제천' 시간상 3년이 되는 날 동사(凍死)한다.

자기도 모르게 휘파람을 불었다.

"휘유, 빡센데."

절맥(絕脈)은 캐릭터 생성 시 흔히 부여되는 단점으로 특성이 좋으면 좋을수록 심각한 절맥증을 앓게 된다.

시스템상 절맥증은 플레이어에게 심각한 디버프를 안기는 형태다.

절맥에 관한 정보 역시 대부분 파악하고 있는 그로서도 태음칠절맥은 한 번도 본 적 없는 독보적인 페널티였다.

"기린지재 성능 생각하면 납득할 만하지. 그리고 언제든 치료할 수 있으니까."

절맥은 제천에 등장하는 '신의' 캐릭터에게 받는 퀘스트를 통해 대부분 해결 가능하다.

덕분에 플레이어들 사이에선 오히려 게임의 서사를 풍부하게 해주는 요소 정도로 여겨졌다.

그는 시스템상의 3D 이미지를 띄워 캐릭터 전신을 살폈다.

"……미친. 콧대 보소. 완전 존잘남인데? 헐, 매력 스탯은 또 뭐고! 이 정도면 철벽녀 율약벽도 공략 가능하려나?"

고작 폴리곤 덩어리에 우스갯소리가 나올 정도로 기분이 많이 풀렸다.

그래.

더 이상 거칠 게 없다.

곧장 플레이 버튼을 눌렀다.

좀 있으면 수도 없이 본 화려한 인트로 영상이 뜨겠지.

하지만…… 아니었다.

화면이 물결치듯 꿈틀거리더니 이상한 문구가 떠올랐다.

「그대 아흔아홉 번 꿈을 꾼 자여. 답하라. 장자가 꿈에 나비가 된 것인가, 나비가 꿈에 장자가 된 것인가?」

"응? 이게 뭔 개소리…… 야……."

뭔가 이상하다.

서서히 눈이 감긴다.

잠이 몰려온다.

꿈(夢).

꿈(夢)…….

눈을 감은 그의 전신이 미세한 입자가 되어 민들레 홀씨처럼 서서히 사라졌다.

"……신, 낭인 환신(桓信)!"

"어, 어어?"

"뭘 멍하니 있어, 이 자식아! 빨리 받아!"

얼떨결에 코앞에 들이민 물건을 받았다.

한 손 가득 들어오는 말발굽 모양의 제법 묵직한 은 덩어리.

모양이 '제천'에서 화폐로 사용하는 은원보와 꼭 닮았네?

"이게 왜……."

주변을 둘러본다.

전근대적인 목조 건물과 주변에 우글거리는 살벌한 인상의 상남자들.

비현실의 극치였다.

"하, 하하. 분명 아까까지 방에 누워서 배 긁고 있었는데. 게임 하다 잠깐 졸았나 보네. 어서 꿈에서 깨야……."

그때 험상궂은 남자 하나가 다가와 목덜미를 잡아챘다.

"수결했으면 당장 꺼져! 다들 기다리잖아!"

"자, 잠깐……."

"닥쳐!"

하늘을 붕 날아 바닥에 떨어졌다.

-철퍽!

"푸엑!"

흙탕물에 온몸이 푹 젖었다.

가까스로 땅을 짚고 몸을 일으켰다.

지금 상황이 도무지 이해되지 않는다.

이게 대체 무슨 일이지?

바로 그 순간.

허공에 문구가 하나 떠올랐다.

몇 년 동안 지겹게 본, '제천' 시스템 특유의 멋들어진 서체였다.

-업적도 100%를 달성하십시오. 성공 시 보상이 지급됩니다.

"……뭐, 뭐야."

어찌 된 영문인지 생각할 겨를도 없었다.

갑자기 들이닥친 고통 때문이다.

"악!"

전신을 뒤덮는 맹렬한 한기!

분명 햇볕이 쨍쨍 내리쬐는데 이 한기는 도대체?

거기에 더해 온몸의 혈관 한 가닥 한 가닥 갈기갈기 잡아 뜯는 듯한, 생전 처음 겪는 고통!

"아아아아아아아악! 아아아악! 주, 죽을 거 같아! 살려줘! 구, 구급차! 구급차 불러어어!"

"저 미친놈 왜 저래?"

"몰라."

"에잉! 웬 병신 같은 놈이 광주 낭시에 기어들어 와 가지고! 재수 없게 시리! 퉤!"

남자들은 침을 뱉고 자리를 벗어났다.

잠시 후.

죽음보다 더한 고통이 씻은 듯이 사라졌다.

극심한 한기의 여운 때문일까?

손으로 몸을 감싼 채 벌벌 떨며 망연자실한 얼굴로 바닥에 주저앉았다.

그는 반쯤 넋이 나간 채 중얼거렸다.

"도, 도대체 무슨 일이 벌어진 거야."

거친 남자들에게 뒷목 잡혀 질질 끌려와 낭인들의 숙소, 그러니까 '양주당춘(楊洲當春)'이라는 객잔 헛간에 던져졌다.

건초 더미에 아픈 몸을 누이며 생각에 잠겼다.

"……이게 도대체 무슨 일이지?"

순간.

그는 놀라운 경험을 했다.

사고의 속도가 너무 빠르다.

그뿐이 아니다.

5살 때 간식으로 먹은 포도알 숫자까지 머릿속에 생생히 떠올랐다.

말도 안 되는 수준의 기억력과 두뇌 회전.

방구석에서 배 긁으며 게임 하던 시절이 에니악이라면 현재의 자신은 알파고 같은 그런 느낌?

수준 자체가 다르다.

알파고급 지능으로 현재 처한 상황을 냉철히 분석해 보았다.

그리고 도출된 결론.

"……아무래도 '제천' 게임 속으로 빨려든 거 같아."

개소리 같지만 눈앞에 닥친 현실이다.

품에서 목패를 꺼내 만지작거렸다.

까끌까끌한 나무 질감.

꿈이라기엔 너무 사실적이다.

물끄러미 목패를 보았다.

한자로 '낭인 환신'이라고 선명히 음각돼 있다.

어째서 한자를 읽을 수 있는지 따윈 별로 중요치 않았다.

닥친 상황 자체가 비정상의 극치였으니까.

환신.

굳셀 환(桓), 믿을 신(信).

아무래도 이게 자신의 이름인 모양이었다.

"그러고 보니 캐릭터 생성할 때마다 이름이 랜덤으로 주어지지 아마?"

앞으로 자신은 낭인 환신으로 불리겠지.

'제천' 게임 속에 들어왔다고 추측하는 이유는 이게 전부가 아니었다.

정신을 차리자마자 보았던 바로 그것.

'업적도 100%를 달성하십시오. 성공 시 보상이 지급됩니다.'라는 메시지.

더 말해 무엇 하랴.

그는 아니, '환신'은 마치 하늘에서 뚝 떨어진 사람마냥 완전히 맨몸으로 세상에 내던져진 것이다.

앞으로 어떻게 해야 할지 고민하는 바로 그 순간.

다시 전신에 한기가 치밀어 올랐다.

방금 전과 완전히 같은 증상이다.

전신 혈관을 따라 대침을 박아 넣는 듯한 엄청난 고통!

"끄아아아악! 아아아악! 나 죽어! 아아아악!"

건초 더미를 뒹굴며 비명을 지르는데 헛간 문이 벌컥 열렸다.

아까 환신과 함께 광주 낭시에서 낭인 계약을 맺던 험상

궂은 남자들이 떼로 몰려왔다.

“이 자라 새끼가! 다들 자는데 왜 이리 시끄러워!”

“아아아아악! 사, 살려……. 의, 의사 좀 불러…….”

“닥쳐!”

낭인들은 손에 침을 뱉고 헛간에 있는 몽둥이를 집어 들어 환신을 냅다 두들겨 패기 시작했다.

“악! 아아아악!”

숙면에 진심인 편인 낭인들의 감정 섞인 몽둥이질.

찰지기 짝이 없다.

지금 겪는 고통이 한기 때문인지 몽둥이찜질 때문인지 알 수 없을 지경이다.

그저 거북이처럼 온몸을 둥글게 말고 조금이라도 덜 아프게 맞기 위해 노력할 뿐이었다.

이 고통이 또 지극히 사실적이다.

‘이곳이 정말…… 현실인 걸까?’

잠시 후 환신을 괴롭히던 한기와 고통이 귀신같이 사라졌다.

낭인들 역시 지쳤는지 숨을 헐떡이며 살벌한 얼굴로 으름장을 놓았다.

“후우, 후우! 또 시끄럽게 굴면 확 칼로 목을 쳐버릴 테니 그리 알아! 카악, 퉤!”

일제히 환신에게 찐득한 가래침을 뱉고 헛간을 나섰다.

등짝을 중심으로 온몸이 욱신거리는 와중에 진심을 담아 한마디 내뱉었다.

"……시발."

다시 시간이 흘러 새벽.

새벽이 되자 다시 한기와 함께 고통이 몰려들었다.

환신은 말고삐를 주워 입에 물고 온몸을 부들부들 떨었다.

또 비명을 지르면 낭인들에게 진짜 살해당할지 모르니 말이다.

시간이 지나고 고통이 사라지자 말고삐를 퉤 하고 뱉었다.

"……발작 시간은 15분 정도네."

15분.

길다면 길고 짧다면 짧은 시간.

하지만 고통을 참아야 하는 사람 입장에선 생지옥이 따로 없다.

더 중요한 건 이제 막 잠들었는데 갑자기 발작이 일어났다는 것.

"젠장, 한숨도 못 잤어."

몸은 몸대로 아프고 잠은 잠대로 못 자고.

죽을 맛이 따로 없다.

환신은 침중한 얼굴로 중얼거렸다.

"……역시 태음칠절맥 때문이겠지?"

계산해 보니 대략 3~4시간에 한 번 발작이 일어난다.

하루 일곱 번 태음지기로 인해 극한의 고통에 시달린다는 태음칠절맥 설정과 딱 들어맞는다.

태음칠절맥 발작의 고통은 정말 엄청났다.

평범한 방구석 게이머라면 절대 버티지 못할 정도로 말이다.

하지만 태음칠절맥이 가져다준 이놈의 규격 외 지능과 냉철한 이성!

이것 때문에 고통을 견디는 건 물론이고 정신 줄 놓고 완전히 미쳐 버리는 것조차 불가능했다.

성능 좋은 머리통이 원망스럽다.

덕분에 현실인지 게임 속인지 불분명한 어떤 경계선을 걷고 있음에도 불구하고.

자살하고 싶다는 생각은 조금도 들지 않았다.

타고난 반골인 환신은 오히려 독기가 치솟았다.

이 독기야말로 '제천'이란 미친 난이도의 게임을 99회차나 플레이하게 해준 원동력이다.

고통이 사라지고 현재 자신이 처한 상황에 대해 고찰해 보았다.

이쯤 되자 '제천' 게임 속 세계에 떨어졌다는 걸 도저히 부정할 수 없었다.

그렇다면 현재 가장 중요한 건 역시 '생존'.

이 상황에서 의지할 수 있는 건 하나뿐이었다.

"업적도 100%를 달성하십시오. 성공 시 보상이 지급됩니다, 라……. 지랄."

어쩌면…… 어쩌면 그 보상이라는 게 혹시 이 세계에서 빠져나가게 해줄 초자연적인 무언가가 아닐까?

탄산 중독자인 환신에게 콜라 한 잔 마실 수 없는 원시적인 중세 중국은 도저히 있을 곳이 못 됐다.

탈출하고 싶다.

그러면 업적도 100%를 달성해야만 한다.

문득 잊고 있던 사실이 떠올랐다.

"……그래. 기린지재가 있었지. 그리고 철골금강지체도."

99회차 플레이 동안 한 번도 보지 못한 완전무결한 재능, 신화급 특성 '기린지재(麒麟之才)'.

사상최강의 무공을 익히는 데 필수적인 체질, 고유급 특성 '철골금강지체(鐵骨金剛之體)'까지.

이 재능에 '제천' 고인물, 아니, 썩은 물인 자신의 지식이 더해지면?

업적도 100%.

무림일통!

해볼 만해!

……아마도.

그때였다.

"다들 언제까지 쳐 잘 거야! 당장 일어나! 빨리!"

-쨍쨍쨍쨍!

놋쇠 대야를 두드리는 쇳소리에 환신 역시 아픈 몸을 억지로 일으켰다.

꾸물거리다 또 몽둥이찜질을 당할 순 없으니까.

헛간 밖으로 나가자 대야를 두드리던 낭인이 살벌한 눈으로 노려봤다.

그는 턱짓으로 한쪽을 가리켰다.

찔끔한 나머지 서둘러 다른 낭인들 뒤를 쫓아갔다.

"헉. 헉."

얼마 걷지도 않았는데 벌써 숨이 차다니.

"……절맥증 때문인가. 아, 절맥증엔 허약 체질이 기본으로 따라붙지."

태음칠절맥은 음한 계열 절맥의 최고봉이니 당연했다.

언제까지 이런 고통에 시달린 순 없었다.

빨리 절맥증을 치료해야 한다.

"하루라도 빨리 양대신의(兩大神醫)를 찾아야지."

'제천' 세계관에서 최고의 실력을 지닌 두 명의 신의.

지독한 괴벽으로 유명한 이 둘이라면 태음칠절맥을 치료해 줄 것이다.

물론 그들이 내건 조건을 들어줘야겠지만.

그러려면 힘이 필요했다.

환신이 도착한 곳은 도시 가운데 있는 널찍한 공터였다.

그곳엔 이미 무기를 든 장정이 우글거렸다.

하나같이 거칠고 우락부락해 보이는 게 방구석 게이머 출신인 환신으로서는 꼬무룩해질 수밖에 없는 부분이었다.

“아씨, 완전 헬스장 죽돌이들이잖아. 괜히 쫄리네.”

슬쩍 눈치를 보다 제천 99회차 썩은 물의 예리한 감각으로 어리바리 타는 신참 낭인들 옆에 바싹 붙었다.

“괜히 고참 낭인들 근처에 있다 상호작용 일어나서 얻어 터지면 곤란하지. 이래서 낭인 새끼들이 싫다니까. 성질머리 더러워 가지고.”

환신은 아직 이곳을 현실로 받아들이지 못하고 있는 모양이었다.

하나둘 낭인이 모여 대략 100명 정도 집결했을 무렵.

공터 밖에서 박도, 화극, 장창을 든 남자 셋이 낭인들 쪽으로 걸어왔다.

그들의 등장에 장내가 술렁였다.

“광동삼살(廣東三殺)이라고?”

“허어, 광주 낭시 최고 거물들께서 납시셨구만.”

지역 유명인산지 반응이 장난 아니었다.

환신은 달랐다.

그는 다른 의미로 광동삼살에 대해 잘 알고 있었다.

광동삼살은 무림출도 ‘제천사’, ‘청류무사’ 어느 쪽을 선택하든 게임 중후반 항상 적으로 등장하는 매우 강력한 캐릭터다.

지닌 바 무공도 무공이지만 낭인 출신이라 그런지 온갖 비겁한 수단을 총동원해 플레이어를 괴롭히기 때문에 상대하기 극도로 까다로웠다.

친형제라는 설정이라 연수 합격은 또 어찌나 잘하는지 얄밉기 그지없다.

여러모로 낭인에 대해 다시 생각하게 해준 캐릭터였다.

그런 광동삼살을 극초반에 조우했으니 신기할 따름이다.

그때.

퍼뜩 이런 생각이 들었다.

"……잠깐만. 혹시 무림출도 '낭인'을 선택하면 광동삼살 영입할 수 있는 거 아니야?"

그럴 수 있겠다 싶었다.

등장 시점에 따라 절정고수 혹은 초절정고수가 돼서 출현하는데 워낙 전투 능력이 출중하다 보니 항상 영입을 시도했다.

그때마다 '잘나신 제천사 나으리' 아니면 '역겨운 청류무사 나으리' 등으로 비꼬며 극렬 거부했지.

환신의 입가에 미소가 지어졌다.

"그래. 이런 맛이라도 있어야 빌어먹을 낭인 해 먹지."

그런 생각을 할 무렵 광동삼살 중 큰형인 박살도(搏殺刀) 추룡이 공터에 있는 나무 단상 위에 올라가 큰소리로 외쳤다.

"광주 낭시의 형제들이여! 기억할 것이다! 10년 전 광동에 유례없는 기근이 들었을 때! 포정사사 대인조차 나 몰라라 하며 구휼미 창고 문을 걸어 잠갔던 바로 그 순간! 우리 광동 사람이 버틸 수 있었던 건 누구 덕분인가! 바로 불산엽가 덕분이다!"

"옳소!"

"그때 불산엽가에서 내준 쌀죽이 아니었으면 내 딸은 죽었을 거요!"

몇몇 낭인이 소리치자 다들 이에 동조했다.

박살도 추룡은 고개를 끄덕인 후 다시 말을 이어나갔다.

"그뿐이 아니다! 광동 전체에 사업장을 보유한 불산엽가는 우리 낭인들이 먹고살 수 있게 여러 일을 맡겨주지 않는가! 이렇듯 광주 낭인 모두 크건 작건 불산엽가의 은혜를 입어왔다! 그런데! 감히 타지에서 온 객가 나부랭이가 불산엽가를 위협하고 있다! 우리 광동 사람들이 이를 손 놓고 보고 있어야만 하는가!"

"그럴 수 없소!"

"말도 안 되지!"

"여기서 볼썽사납게 꽁무니 빼면 광동 사나이라 할 수 없다!"

"그렇다! 우리 광주 낭인은 결단코 이번 계투에서 승리할 것이다! 알겠는가!"

"오오오오!"

모두가 무기를 들고 환호성을 지르는 와중 오직 환신만이 새파랗게 질린 얼굴로 중얼거렸다.

"이런 미친. 설마 이거…… '광동계투' 이벤트였어?!"

계투(械鬪)는 중국 특유의 폐습으로 토착민 지주와 객가(客家)라 불리는 외지인 무리가 해당 지역 토지 지배권을 놓고 벌이는 피와 살이 튀는 살육전을 의미한다.

외지인이 토착민에게 땅을 내놓으라고 윽박지르다니.

말도 안 되는 이야기 같지만 중국에선 현대까지 실제로 벌어지는 일이었다.

무림 세력 간 이권 다툼 역시 계투의 문법에서 크게 벗어나지 않는다.

무공을 익힌 초인들이 살벌한 항쟁을 벌인다는 차이 정도?

그럼 환신이 놀란 이유는 무엇일까.

'광동계투(廣東械鬪)' 이벤트가 오직 도산검림 모드에서 무림출도 '낭인'을 선택했을 때 등장하는 히든 튜토리얼이기 때문이다.

그것도 미친 난이도로 악명이 자자한.

워낙 생존 확률이 낮아 커뮤니티 '낭인' 게시판에 울분 섞인 하소연이 미친 듯이 올라온다.

그럼 '뉴비 어서 오고'라는 친근감 넘치는 댓글 수백 개가 줄줄 달리지.

이벤트 클리어 확률이 0.2%밖에 되지 않아 '낭인' 플레이어들 사이에선 광동계투 뜨면 '도산검림 모드 낭인 플레이가 얼마나 거지 같은지 맛보고 적당히 죽어라'가 국룰이다.

환신 역시 이 사실을 대충 알고 있었다.

그런데 광동계투라니!

온통 죽음의 함정으로 가득한 광동계투라니!

이게 무슨 일이고?!

절박한 심정에 무의식적으로 손을 번쩍 들었다.

다시 한번 이번 계투의 정당성에 대해 설파하려던 박살도 추룡은 누가 갑자기 손을 들자 심기 불편한 얼굴로 입을 열었다.

"무슨 일이야."

순간.

공터에 있는 낭인 백여 명의 시선이 일제히 환신에게 집중됐다.

야수와 같은 시선.

찔끔했지만 지금 중요한 건 그게 아니다.

생존 본능이 한참 앞섰다.

"저, 저기……."

박살도 추룡이 화를 버럭 터뜨렸다.

"이런 젠장! 뭘 꾸물거려! 어서 말해!"

"예! 혹시 낭인 계약 취소할 수 있을까요!"

광동계투 이벤트에서 빠지면.

그럼 조금이라도 생존 확률이 높아지지 않을까?

순간.

장내의 공기가 싸늘하게 가라앉았다.

주변 신참 낭인들은 어느새 환신 주변에서 귀신같이 사라졌다.

이쯤 되자 환신 역시 눈치채지 않을 수 없었다.

정신 나가 크게 실수했음을.

하지만 어쩌나?

한 번 입 밖으로 뱉은 말을 주워 담을 방법 따위 없는데.

박살도 추룡은 무섭게 노려보다 어이없는 듯 피식 웃더니 단상에서 내려와 천천히 환신 쪽으로 걸어왔다.

낭인들이 좌우로 잽싸게 비켰다.

환신을 향해 일직선으로 길이 생겨 버렸다.

추룡이 환신 앞에 섰다.

얼굴을 사선으로 가로지르는 칼자국 때문에 살벌한 인상을 자랑하는 남자가 자신을 내려다보자 겁이 덜컥 났다.

잔뜩 움츠러든 환신을 보고 추룡이 입을 열었다.

"혹시 신참인가?"

"……예."

그 말이 끝나기 무섭게 추룡 주변에 있던 고참 낭인들이 환신을 죽일 듯 노려봤다.

더더욱 움츠러든다.

그러거나 말거나 추룡이 물었다.

"낭인 계약 맺으면서 서기에게 선금 지급 받았지? 한번 꺼내봐."

"예? 그, 그게……."

"이놈이?! 야! 나 박살도 추룡이야! 광동 사나이 체면이 있지, 신참 낭인 선금 뺏는 짓거리 따위 안 해! 안 그런가, 형제들!"

"옳소!"

"당장 추 대형께서 시키는 대로 해! 빌어먹을 자라 새끼야!"

고참 낭인들의 으름장에 후다닥 품을 뒤져 은원보를 꺼냈다.

추룡은 환신이 꺼낸 은을 받아 만지작거리며 말했다.

"낭인 계약 파기하려면 이 은의 10배가 필요해. 네놈에게 그런 은이 있느냐?"

"……없죠."

추룡은 솥뚜껑 같은 손으로 환신의 뺨을 툭툭 때렸다.

"그래, 당연히 없겠지. 있으면 그 체격으로 밑바닥 인생이 모여드는 낭시를 기웃거렸겠어. 한마디로 이건 네놈의 목숨값이라는 거지. 자, 받아라."

환신은 추룡이 던진 은원보를 겨우겨우 잡아냈다.

"아, 혹시나 해서 하는 말인데."

추룡은 조금의 온기도 찾아볼 수 없는 싸늘한 눈빛으로 환신을 노려보며 말이다.

"만약 양주당춘에서 한 발짝이라도 벗어나면 즉결 처형이다. 내 박도에 맹세코, 네놈을 잡아다 사지를 자르고 내장을 뽑아 개 먹이로 내줄 테니 그리 알아. 알겠느냐?"

"……예."

추룡은 몸을 돌려 다른 낭인들을 쏘아보며 말했다.

"네놈들도 마찬가지다! 나 박살도 추룡의 낭인대에 탈영이란 단어는 존재할 수 없다! 만약 양주당춘을 벗어나는 놈이 있으면 아무나 두세 놈 잡아다 목을 따주지! 그러니 도망가지 못하도록 서로 잘 감시해! 알겠어?!"

"예에엣!"

군기가 바짝 든 낭인들이 크게 외쳤다.

추룡은 만족스러운 얼굴로 고개를 끄덕였다.

그리고 은근한 어조로 주변 고참 낭인들에게 한마디 덧붙였다.

"다들 많이 편한가 봐. 신참 나부랭이 주둥이에서 계약 물리고 싶단 소리가 다 나오고."

"……."

"그럼 난 고용주를 만나러 가 보겠다! 모두 양주당춘으로 돌아간다! 해산!"

"해산!"

추룡이 광동삼살 아우들을 이끌고 자리에서 벗어났다.

오와 열을 맞춰 서 있던 낭인들은 순식간에 풀어지더니 객잔 쪽으로 어슬렁어슬렁 걸어갔다.

환신 역시 그들 뒤를 따랐다.

누군가 어깨를 잡아 세울 때까지 말이다.

"어?"

뒤를 돌아보자 그곳에는 몽둥이를 든 고참 낭인 몇 명이 서 있었다.

"이 자라 새끼가 어딜 가! 감히 낭인대 사기 떨어지게 개소리를 지껄여? 얘들아! 자라 새끼 손 좀 봐주자!"

"오!"

-퍽! 퍼퍽! 퍼억!

환신은 다시 몸을 둥그렇게 말았다.

"아아아악! 악악! 사, 살려줘!"

"이게 미쳐서 소리를 질러?! 더 세게 패!"

등짝에 떨어지는 몽둥이찜질의 고통을 견디며 생각했다.

다신 어리버리 타지 않겠다고.

절·대·로!

환신을 실컷 두들겨 팬 고참 낭인들은 몽둥이를 대충 던져놓고 식사하러 양주당춘으로 몰려갔다.

부들부들 몸을 떨며 일어났다.

어디 부러지거나 한 건 아니지만 등짝이 떨어져 나갈 것 같은 고통에 참았던 눈물을 주르륵 흘렸다.

태음칠절맥의 냉철한 이성조차 이 순간만큼은 아무 소용 없었다.

미치도록 억울했다.

도대체 무슨 죄를 지어 이런 빌어먹을 상황에 처했단 말인가?

벌써 두 번이나 몽둥이세례를 당하고 시시각각 태음칠절맥 발작이 치솟는다.

말 그대로 생지옥이다.

"……아, 시발. 로그아웃 마렵네."

물론 불가능했다.

그리고 시간이 되자 여지없이 찾아오는 그것.

"끄, 끄아아아아아아악!"

다시 전신을 뒤덮는 한기.

혈관을 따라 작은 실톱이 지나가는 듯한 극한의 고통!

"아아아악! 끄악! 제, 제발 누가 도와줘……!"

간절한 외침.

허나 적자생존의 세계에서 누가 환신을 도와줄까.

지옥 같은 고통 속에 뱃속 가득 슬금슬금 독기가 차올랐다.

고통을 주는 세상 자체가 미웠다.

부숴 버리고 싶다.

내 고통을 외면하는 자들 모두 죽여 버리겠다.

……누구도 알지 못하겠지.

지금 이 순간.

세계는 분기점을 맞이했음을.

마도(魔道)는 고통을 먹고 자란다.

가늠조차 할 수 없는 미증유의 씨앗을 품은 소년이 마인(魔人)이 되어 강호를 끝없는 위기로 몰아넣을지도 모를 바로 그때.

환신의 얼굴에 그림자가 드리웠다.

"괜찮으냐?"

"으……. 누, 누구……."

힘겹게 고개를 돌려 그쪽을 보자 햇살 너머 머리가 희끗한 노년의 남자가 있었다.

"가만있어 보거라."

노년 남자가 환신을 등에 업었다.

절맥 발작의 고통 속에서 환신은 남자의 등이 무척 따뜻하다고 느꼈다.

단순한 온기가 아니다.

아마도…… 사람의 온정이겠지.

남자는 환신을 헛간에 데려왔다.

그리고 건초 더미를 잘 덮어주었다.

시간이 지나자 발작이 잦아든다.

하지만 여전히 몽둥이찜질을 당한 고통에 신음했다.

남자는 품에서 꼬질꼬질한 종이로 싼 물건을 꺼냈다.

"먹어라. 전신의 울혈을 풀어주는 요상약이다."

"……가, 감사합니다."

그는 묵묵히 자리에서 일어났다.

헛간 문을 열고 나서는데 멈칫하더니 입을 열었다.

"한번 낭인의 세계로 들어와 은을 받았으면 목숨을 바칠 각오를 해야 하는 법."

노년 남자는 고개를 돌려 환신을 보며 물었다.

"혹시 무기 다루는 법을 아느냐?"

환신이 고개를 젓자 한숨을 내쉬었다.

"후우, 이제 막 낭인이 된 어린 것이 허무하게 죽는 모습을 도저히 볼 수 없구나. 몸 상태가 나아지면 칼 쓰는 법을 가르쳐 줄 것이니 나를 찾거라."

문을 나서며 마지막으로 한마디 남겼다.

"내 이름은 왕힐이다."

헛간 문을 닫고 사라진 왕힐.

남겨진 환신은 멍하니 그의 뒷모습을 보다 퍼뜩 정신을 차리고 중얼거렸다.

"설마 저 할배가…… '왕버지'였어?!"

직접 본 적은 없다.

하지만 제천 커뮤니티 낭인 플레이어 게시판을 들어가 보면 왕힐이란 캐릭터에 대한 소문이 파다했다.

낭인 플레이어 사이에서 '빛왕힐' 혹은 '왕버지'라 불리며 컬트적인 인기를 누리고 있는 것이다.

그에 관한 게시물이 올라오면 단체로 질질 짜는 댓글이 기본 1,000개 이상 달리는 전설의 캐릭터.

그게 바로 왕힐이었다.

자세한 건 환신 역시 잘 모르지만 낭인 플레이어 모두 단언했다.

도산검림 모드에서 무림출도 낭인을 선택해 지옥 같은 광동계투에서 살아남으려면 왕힐에게 무조건 빌붙어야 한다고.

"……젠장, 죽으라는 법은 없네."

환신 역시 왕힐에게 찰싹 달라붙겠다고 결심했다.

아주 껌딱지처럼 말이다.

왕힐이 준 요상약을 입에 털어 넣고 꼭꼭 씹어 먹었다.

효과도 좋아 섭취하고 1시간 정도 지나자 등짝의 고통

이 약간 완화됐다.

"신기하네."

조금 살 만해지자 다시 이런저런 생각이 떠올랐다.

가장 먼저 든 생각은 역시 앞으로의 미래에 대해서.

당면한 최우선 과제는 사지나 다름없는 '광동계투'에서 살아남는 것.

그 치열한 전장 속에서 생존하기 위해 뭐든 배워야 했다.

이건 왕힐 덕분에 해결됐고.

다음은 장기적인 목표다.

"……역시 무공이겠지."

환신은 눈을 빛냈다.

현실의 무술과 궤를 달리하는, 자연의 기를 체내에 응축시켜 초능력에 가까운 힘을 발휘하는 것.

다른 게임과 차별화되는 '제천'만의 시그니쳐.

그게 바로 무공(武功)이었다.

'제천' 세계관엔 셀 수 없이 많은 기괴한 무공이 존재한다.

무공을 익힐 수 있는 기연 역시 즐비하지.

업적도 100%를 달성해 이 세계를 탈출하기 위해 가장 중요한 요소는 뭐니 뭐니 해도 무공이다.

'제천' 썩은 물 환신은 강호에 존재하는 무공과 기연 거의 대부분을 알고 있었다.

심지어 태음칠절맥이 가져다준 지능 덕분에 이 모든 걸

줄줄 읊을 수 있을 정도.

여기까지 생각하자 고개를 절레절레 저었다.

당장이라도 기연을 얻기 위해 달려가고 싶다.

허나 그랬다간 광동삼살, 혹은 고참 낭인들에게 잡혀 과장 1도 없이 문자 그대로 토막 살인 당하겠지.

괜히 '제천'이 청소년 이용 불가 등급이 아니었다.

가감 없이 피와 살이 튀고 사지 절단이 난무한다.

이게 끝이 아니다.

필드, 그러니까 성 밖에 나가면 야생의 세계가 펼쳐진다.

각종 맹수도 문제지만 가장 위험한 건 역시나 인간.

성을 나와 관도를 걷다 보면 말 탄 마적 떼 수십 기가 급습해 오는데 무공을 익힌 경우가 태반이라 약탈당하기 딱 좋다.

그 과정에서 목숨도 같이 날아간다.

결국 기연을 얻기 위해 도시를 벗어나려면 생존을 위한 기본적인 무공 습득이 필수.

더더욱 왕힐에게 빌붙어야 될 필요성이 생긴다.

환신은 이를 악물었다.

"……그래. 왕버지한테 딱 달라붙어서 무공 익히고 어떻게든 광동계투에서 살아남는 거야. 반드시!"

다시 한번 눈에 독기가 일렁였다.

아까와 달리 그 속엔 한 줄기 희망이 녹아 있었다.

2장
무공을 배우다

환신은 점소이가 퍼준 쌀죽을 먹었다.

쌀 조금과 고기 약간, 간장 반의반 숟갈, 국물 왕창 조합인데 더럽게 맛없었다.

사람이 먹을 만한 걸 내놓으라 요구하고 싶지만 여러 신참 낭인들 역시 쌀죽…… 아니, 개죽을 맛있게 먹고 있어 도저히 그럴 분위기가 아니었다.

"……젠장, 콜라 마렵네."

중세 중국에서 콜라는 무슨.

식사를 마치고 3~4시간에 한 번 찾아오는 절맥 발작의 고통에 발버둥 치는 사이 아침이 밝았다.

새벽까지 고통에 시달리다 겨우 선잠이 든 환신의 엉덩이를 누가 걷어찼다.

"억!"

황급히 고개를 들자 고참 낭인이 째려보고 있었다.

"당장 일어나!"

"예, 예에!"

"어서 공터로 가!"

"알겠습니다!"

"뛰어, 자라 새끼야!"

"예엣!"

또 얻어터지기 싫어 황급히 헛간을 나서자 신참 낭인들이 공터 쪽으로 뛰는 걸 볼 수 있었다.

환신 역시 그들 뒤를 바짝 좇았다.

공터 쪽으로 뛰는데 깜짝 놀랐다.

숨을 턱 막히게 했던 몽둥이찜질의 고통이 많이 나아진 것이다.

"……왕버지가 준 요상약이 효과를 본 건가."

그렇다면 더더욱 적극적으로 빌붙어야지!

공터에 도착해 주변을 살폈다.

허리가 살짝 굽은 왕힐을 발견하자 잽싸게 뒤에 가서 섰다.

환신이 자기 뒤쪽에 붙자 왕힐은 그를 힐끔 본 후 곧 단상으로 시선을 돌렸다.

그 무심함이 오히려 의지가 됐다.

얼마 지나지 않아 광동삼살이 모습을 드러냈다.

박살도 추룡이 단상 위로 올라와 낭인들을 내려다보며 외쳤다.

"오늘부터 다가오는 계투를 대비해 집단전 훈련을 실시한다! 성도 밖 평지에서 훈련할 예정이다! 숙련될 때까지 매일 훈련에 임할 테니 각오해!"

"예!"

"미리 말해두는데 이동 중 탈영하는 놈이 있으면 나 박살도 추룡이 손수 이 박도로 허리를 통째로 썰어 요참형에 처하겠다! 알겠나!"

"예엡!"

그때 환신과 추룡의 눈이 얽혀 들어갔다.

추룡은 그를 지긋이 응시하며 검지와 중지로 자신의 눈을 가리킨 후 다시 환신 쪽으로 손가락을 뻗었다.

누가 봐도 '지켜보고 있다'는 의미다.

살벌한 기세에 움찔하며 고개를 마구 끄덕였다.

광동삼살의 선도하에 낭인들은 공터에서 벗어나 성 내부를 가로지르는 주작대로를 가로질러 성문 쪽으로 걸었다.

환신은 슬그머니 주변을 둘러보았다.

대로를 따라 존재하는 수많은 점포의 이국적인 풍경과 활기찬 성내 주민들.

저들 모두 멀쩡한 사람이었다.

이곳은 게임 속인가, 현실인가.

내면에 존재하는 어떤 벽이 점점 무너지는 감각.

점점 기분이 더러워진다.

환신은 다급히 머리를 흔들었다.

'……아니야. 여긴 게임이야. 게임이어야만 해. 업적도 100%를 달성하면 탈출할 수 있는 게임…….'

그렇게 생각하며 앞에서 걷고 있는 왕힐에게 애써 말을 걸었다.

"저기……."

왕힐이 힐끔 보며 입을 열었다.

"무슨 일이냐."

"제가 계투에서 살아남을 수 있게 도와준다고 하신 말씀…… 정말인가요?"

그 물음에 왕힐은 무뚝뚝한 얼굴로 고개를 끄덕였다.

"추 대주가 내게 낭인대 오장을 맡겼다. 너를 내 오에 받아주마. 이름이 무엇이냐."

"제 이름은……."

현실의 이름을 말할까.

아니면 이 세계의 이름을 말해?

내심 진짜 이름을 말하고 싶었다.

하지만…… 안 되겠지.

품속의 목패에 새겨진 이름은 다름 아닌 '낭인 환신'이었으니까.

"……환신. 환신이에요."

"환신. 알겠다. 신이 너는 지금부터 내 오 소속이다."

"가, 감사합니다."

눈물이 핑 돌았다.

낯선 세상에 떨어져 며칠 사이 온갖 고생을 하다 겨우 소속이 생긴 이 기분.

누구도 모를 것이다.

왕힐은 그런 환신을 보며 물었다.

"혹시 무공을 익혔느냐?"

환신은 시무룩한 얼굴로 고개를 저었다.

"허어, 대체 무슨 생각으로 낭인 계약을 맺은 것이냐?"

'캐릭터 생성하자마자 이미 계약 완료 상태였는데요.'

……라고 말할 순 없지.

그저 어색하게 웃을 뿐이었다.

왕힐은 환신을 물끄러미 보더니 입을 열었다.

"나 역시 삼류 낭인에 불과하다. 평생 삼재기공, 육합검법, 칠성권법, 원앙각 이렇게 네 가지 기본공을 용맹 정진했을 뿐이지. 허나 이 무공을 응용해 지금까지 수많은 전장에서 악착같이 살아남았다. 이 네 가지 공부를 전수해 줄 테니 재주껏 살아남아 보거라."

환신은 그 말에 반색했다.

왕힐이 언급한 네 가지 무공은 '제천' 플레이 초반 반드시 익혀야 할 기본공.

기본공 숙련도를 일정 수준 이상 높여야 상위 무공을 익힐 수 있는 무공 시스템을 생각하면 그야말로 꿀 같은 무공 전수였다.

'나이스! 역시 왕버지라 불리는 이유가 있었어! 그래, 이런 도우미라도 있어야지. 아낌없이 주는 우리 왕버지. 사랑합니다!'

바로 그때.

앞에서 걷던 낭인과 부딪쳤다.

낭인대 전체가 갑자기 걸음을 멈췄기 때문이다.

"어? 뭐지……."

앞쪽을 보자 광동삼살 역시 자리에 서 있었다.

까치발로 서서 등빨 좋은 낭인들 사이로 고개를 빼꼼 내밀고 무슨 일인가 살피는 와중 고막으로 추룡의 목소리가 파고들었다.

"군산대도 관충! 네놈이 어찌 성도 안을 얼쩡거리느냐!"

추룡이 으르렁대는 곳으로 시선을 던졌다.

그곳에 삼국지의 등장인물인 무신 관우를 연상시키는, 수염을 길게 기른 붉은 얼굴의 남자가 대도를 든 채 십여 명의 무리를 거느리고 있었다.

환신은 본능적으로 관충 무리의 강함을 직감했다.

뭘 모르는 자들이 보기에 숫자가 100명이 넘는 낭인대가 유리해 보일지 모른다.

하지만 저들의 기세는 오합지졸 낭인대와 비교도 되지 않았다.

'제천'에서 수도 없이 본 진법의 기본에 입각해 대열을 갖춘 것이다.

언제든 무기를 뽑아 이쪽을 학살할 준비가 돼 있다.

하나 중요한 건 그게 아니었다.

환신은 군산대도 관충을 단박에 알아봤다.

토호 세력인 불산엽가에 대항해 객가 유민 무리를 이끄는 자들.

강좌사우(江左四友)라 불리는 의형제 캐릭터인데 군산대도 관충은 그중 둘째였다.

이들은 히든 튜토리얼인 광동계투 이벤트에서 통곡의 벽으로 악명이 자자했다.

왕힐이 심각한 표정으로 중얼거렸다.

"낭인대는 삼류무사도 못 되는 이들로 가득한데 군산대도를 따르는 강좌 무인은 모두 이류고수로 이루어져 있으니 오늘 길보다 흉이 많겠구나. 만약 전투가 벌어지면 신이 너는 오원들과 함께 내 뒤를 바짝 따르거라."

"……예."

환신이 긴장하자 왕힐은 피식 웃으며 말했다.

"너무 걱정 말거라. 아무리 강좌사우라도 감히 광주 성도 내에서 소란 피울 수 없을 테니. 그랬다간 지휘첨사가 군사 수천을 몰고 오는 건 물론이고 제천맹 광동 분타의 심판을 피할 수 없을 것이다."

"아……."

왕힐의 말이 옳았다.

성안의 치안이 유지되는 가장 큰 이유.

제천맹(制天盟)!

무림 그 자체라 할 수 있는 이 초거대 단체야말로 강호를 지배하는 절대 세력이다.

게임 플레이 중 미처 깨닫지 못했던, 천하에 드리운 제천맹의 그림자를 피부로 느끼며 침을 꿀꺽 삼켰다.

앞으로 이 세계를 살아가다 보면 결코 피할 수 없는 제천맹이 왕힐의 입에서 나오자 절로 긴장감이 치솟았다.

아울러 앞으로 겪을 생고생도 함께 말이다.

추룡이 군산대도에게 소리쳤다.

"너희 강좌사우는 어찌 이리도 무도하단 말이냐! 평화로운 광동 땅에 이재민 수십만을 몰고 와 수백 년간 터 잡은 불산엽가에 대뜸 땅을 내놓으라 윽박지르다니! 하늘이 두렵지 않단 말이냐!"

군산대도는 눈을 반개한 채 안광을 빛내며 근엄한 얼굴로 입을 열었다.

"장강에 대홍수가 들어 하천이 범람하고 수백만 이재민

이 발생해 호남성에 아귀지옥이 현신하여 이를 피해 이곳 광동 땅까지 흘러왔거늘! 유민들에게 측은지심조차 느끼지 못한다면 어찌 호협을 자처할 수 있단 말인가!"

그는 들고 있던 대도를 바닥에 쿵 찍었다.

'콰직!' 소리와 함께 주작대로에 깔린 청석이 깨지며 대도 창대가 땅에 깊숙이 박혔다.

파르르 떨리는 대도의 모습이 위압적이기 그지없었다.

군산대도는 소매를 크게 휘저으며 손을 맞댔다.

그리고 하늘을 향해 포권하며 외쳤다.

"나 군산대도 관충과 강좌사우 의형제는 대형을 필두로 이들 장강 유민의 생존과 자립을 도울 것을 홍수로 초토화된 동정호 앞에서 맹세했으니! 불산엽가는 부디 측은지심을 발휘해 이들에게 일정한 토지를 내어줘 비참히 굶어 죽지 않도록 선처해 주길 요청하는 바이오!"

-……바이오! 바이오!

어찌나 공력이 심후한지 군산대도 관충의 외침에 주변 건물이 미미하게 흔들릴 지경이다.

위협적인 무력시위.

허나 중요한 건 따로 있었다.

바로 '명분'.

추룡은 군산대도의 말에 입을 조개처럼 다물었다.

낭인 중 몇몇은 그 말에 공감이라도 한 듯 고개를 끄덕였다.

왕힐은 그 광경을 보고 깊이 한숨을 내쉬었다.

"강좌사우의 술책이 손에 잡힐 듯 보이는구나. 군산대도의 선언으로 저들은 계투를 위한 완벽한 명분을 손에 넣었다. 외지인인 만큼 신경 써서 명분을 준비한 티가 난다. 허나 어쩌겠는가. 강호에선 불법은 용납해도 불의는 용서받지 못하는 법. 강호 동도들은 이번 건에 한해 강좌사우를 지지할 것이다."

환신 역시 내심 동의했다.

이런 명분 싸움은 플레이어의 선택지 형식으로 '제천'상에 자주 등장하는데 어떤 명분을 쌓느냐에 따라 같은 캐릭터가 전혀 다른 상호작용을 보여준다.

대화로 해결할 수 있는 일이 관계자 전원 몰살로 끝나는 경우도 비일비재.

그러다 타 세력에게 뒤통수 맞고 전멸하기도 하지.

명분을 확보하는 건 그만큼 중요했다.

그때였다.

"이재민들 사정은 딱하기 그지없으나 다짜고짜 대대로 물려받은 토지를 내놓으라니. 이런 화적 떼 같은 행사가 어디 있단 말인가. 이재민 구휼은 포정사사 대인이나 제천맹 광동 분타에 청원하면 될 일. 어찌 불산엽가에 책임을 떠넘긴단 말이오."

주작대로 옆 골목에서 건장한 무인을 이끌고 등장한 수려한 외모의 서생.

추룡이 그를 향해 포권하며 머리를 숙였다.

"엽지강 공자를 뵈오!"

그러자 광동삼살은 물론이고 고참 낭인들 역시 포권하며 소리쳤다.

"엽지강 공자를 뵙습니다!"

불산엽가 가주의 차남, 2공자 엽지강의 등장이다.

군산대도는 엽지강을 보며 가볍게 포권했다.

"엽지강 공자 아니시오. 소인 관충이 인사드리오."

엽지강 공자 역시 포권하며 마주 응대했다.

하지만 눈빛은 싸늘하기 그지없다.

그는 군산대도를 보며 말했다.

"이 자리를 빌어 강좌사우에게 본가의 뜻을 전하겠소. 우리 불산엽가의 토지에 무단으로 건설한 토루(土楼)를 철거한 후 유민을 데리고 떠나시오. 불산엽가에서 자비를 베풀어 유민이 보름간 먹을 양식을 내주도록 하겠소."

말이 끝나기 무섭게 군산대도의 눈썹이 역팔자로 치켜올라갔다.

그는 크게 분노하며 포효했다.

"어헝! 조상의 은덕으로 거대한 부를 누리며 돼지처럼 편히 살았으면 마땅히 베풀 줄도 알아야 하거늘! 어찌 이리 야박하단 말인가! 나와 강좌사우 의형제는 이런 불의를 결코 용납지 않는다! 이 자리에서 다시 한번 맹세하노니! 나 군산대도 관충은 이곳 광동 땅에 장강 이재민들이 무사히 뿌리 내릴 수 있도록 견마지로를 다할 것이다! 의형제들 역시 내 뜻에 동참해 주리라!"

관충은 대로에 박아둔 자신의 대도를 쑥 잡아 뽑았다.

그는 대도로 엽지강을 가리키며 외쳤다.

"엽지강 공자! 비록 이 자리에선 조용히 물러나지만 곧 대형의 최후통첩이 갈 것이오! 기다리시구려!"

그 말이 끝나기 무섭게 추룡이 박도를 빼 들고 앞으로 내달리며 소리쳤다.

"이 죽일 놈이 어딜 가려고!"

추룡의 뒤를 동생인 몰살극 추호, 도살창 추서가 뒤따랐다.

그들 역시 자신의 병기를 빼 들었다.

-키이이이이잉!

광동삼살의 병기가 파르르 떨렸다.

병기에 공력을 주입해 경력(勁力)을 일으키는 경지.

'검경(劍勁)'이다.

기세가 사뭇 난폭한 게 낭인 중에서도 보기 드문 일류고수가 분명했다.

이것이 바로 광동삼살이 낭인대를 이끄는 이유였다.

그 순간.

환신은 움찔했다.

혈관을 타고 간지러운 감각이 전신을 스쳐 지나간다.

'이게…… 뭐지?'

잡힐 듯 잡히지 않는 이 느낌.

도대체 뭘까?

군산대도는 자신을 향해 달려오는 광동삼살을 보며 껄껄 웃었다.

"하하핫! 좋다! 내 잠시 어울려 주마!"

군산대도 역시 대도에 공력을 불어넣었다.

푸르스름한 기운이 넘실대며 도신(刀身)을 따라 음각된 청룡이 모습을 드러냈다.

동시에 청룡대도에서 빛무리가 일렁였다.

그 광경을 보고 좌중 모두 경악했다.

"맙소사! 검기(劍氣)!"

"절정고수!"

동시에 군산대도와 광동삼살의 병기가 충돌했다.

-쩌어어엉!

귀청을 찢는 굉음!

흔히 볼 수 없는 고수들의 생사결에 좌중의 시선이 집중된 바로 그 순간.

환신은 홀로 다른 세상에 있었다.

번개라도 맞은 듯 온몸을 부르르 떨었다.

태어나서 처음 느끼는 이 감각.

그동안 인식하지 못했지만…… 그것은 자신의 체내와 체외, 아니, 세상 어디에나 있었다.

신비한 감각을 불러일으키는 영적 물질.

바로 '기(氣)'였다.

그것은 일종의 '각성'이다.

무공을 익히기 위해 필수적으로 거쳐야 하는 과정.

대자연의 '기'를 느끼는 것이야말로 무공을 익히기 위한 첫걸음이다.

허나 쉬운 일이 아니다.

재능 없는 자는 몇 년이 걸려도 느끼지 못한다.

아니, 대부분의 인간이 태어나서 기를 한 번도 느끼지 못하고 생을 마감한다고 보는 게 옳겠지.

환신은 달랐다.

지금까지 기의 존재 자체를 인지하지 못했을 뿐.

방금 전 군산대도와 광동삼살의 격돌.

거대한 기의 충돌 속에서 깨달았다.

우주 만물이 대자연의 기로 이루어져 있음을.

또한 자신이 기를 손과 발처럼 자유자재로 다룰 수 있다는 사실까지 말이다.

아니, 그 정도가 아니다.

깊은 땅속에 있던 애벌레가 지상으로 올라와 껍질을 벗고 나비가 되어 하늘로 날아오를 준비를 마친 듯한 해방감.

이 감각을 어찌 설명할 수 있을까!

문자는 고사하고 말로 형용할 수조차 없다.

그냥…… 알 뿐이다.

제6의 감각을 얻고 깨어난 존재로 한 단계 진화했음을.

겨우겨우 고양된 상태에서 벗어난 환신은 얼떨떨한 기분이었다.

허나 곧 어째서 자신이 이런 감각을 느꼈는지 알게 됐다.

'……이게 기린지재(麒麟之才)!'

그야말로 신화적 재능!

과거에도 없고, 미래에도 없을 절대 재능이다.

환신은 주먹을 불끈 쥐었다.

머리로만 알고 있던 걸 온몸으로 느낀 순간.

조금…… 자신감이 생겼다.

그리고 보이는 거 같았다.

자신이 나아갈 길이 말이다.

환신이 각성의 순간을 겪는 사이 군산대도의 검기와 충돌한 광동삼살은 무기가 산산조각 나 뒤로 튕겨져 낭인대 사이로 처박혔다.

군산대도의 눈살이 찌푸려졌다.

검기상인(劍氣傷人)의 경지에 도달한 건 불과 얼마 전.

이제 겨우 절정 초입에 이르렀을 뿐이다.

완숙한 검기였으면 경력이 실린 무기째 잘라냈겠지.

광동삼살 역시 토막 났을 게 분명했다.

아쉬웠다.

전신에 쇳조각이 박힌 채 신음하며 피를 토하는 광동삼살.

허나 그것도 잠시.

추룡이 자리에서 벌떡 일어났다.

입에서 피를 질질 흘리는 와중에도 사나운 기세는 조금도 꺾이지 않았다.

"내놔!"

옆에 있던 낭인의 박도를 빼앗아 들었다.

몰살극 추호와 도살창 추서 역시 다른 낭인의 무기를 낚아챘다.

아지랑이 피어오르듯 칼날 위로 경력을 줄기줄기 흘리며 다시 군산대도에게 달려들려는 찰나.

"그만!"

좌중의 시선이 그쪽으로 향했다.

엽지강 공자였다.

"공자!"

"그만하라지 않는가!"

"이, 이익!"

엽지강은 추룡을 외면하고 군산대도를 보며 말했다.

"관공. 이쯤 하시는 게 어떻겠소."

"선공을 가한 건 불산엽가 측인데 어찌 본인이 양보해야 한단 말이오."

"이 이상 소란을 부리면 제천맹 광동 분타에서 고수들이 몰려올 것이오. 감당할 수 있겠소?"

"으음……."

군산대도는 살짝 고개를 끄덕이며 동의를 표했다.

그렇다.

지금 당장은 불산엽가 측을 압도하지만 자신들은 어디까지나 이방인이다.

여기서 한 발짝 더 내디디면 제천맹 광동 분타의 심기를 거스를 수 있었다.

그래선 안 된다.

절대로.

군산대도는 슬그머니 청룡대도를 물렸다.

"알겠소. 그리하리다."

허나 그는 뒤끝 있는 남자였다.

고개를 돌려 광동삼살에게 싸늘한 경고를 남겼다.

"이번엔 그냥 물러나지만 한 번만 더 주제넘게 나서면 손속에 자비를 베풀지 않음을 탓하지 못하리라. 강좌의 형제들이여, 가자!"

그 말을 끝으로 군산대도는 강좌 무인을 이끌고 자리를

떠났다.

"뭐! 자비를 베풀어? 이 빌어먹을 놈이!"

"추공! 그만하라 하지 않았소!"

"크으윽……! 이이익! 으아아아악!

추룡은 주변 물건을 미친 듯이 발로 차고 집어 던지며 화풀이했다.

엽지강도 그것까진 막지 않았다.

한참 시간이 지나고 추룡이 겨우 진정하자 엽지강이 천천히 입을 열었다.

"추공. 경거망동하지 마시오. 불산엽가의 은을 받은 만큼 그에 걸맞은 일을 하시구려. 낭인이지 않소."

"……알겠습니다, 엽 공자."

엽지강은 만족한 듯 고개를 끄덕였다.

문득 그의 얼굴에 침중한 기색이 드리웠다.

"……군산대도는 일류고수로 알고 있는데 검기상인의 절정지경에 올랐을 줄이야. 계산이 많이 틀어지는구나. 심각한 문제로다."

머리를 절레절레 흔든 엽지강이 추룡에게 말했다.

"추공. 성내에 볼일이 있으니 이만 가 보겠소. 낭인대가 이번 계투에서 크게 활약할 수 있도록 조련에 매진해 주시구려. 낭인대에 대한 가주의 기대가 매우 크오."

"맡겨만 주십쇼!"

"든든하군. 기대하겠소."

엽지강은 곧 불산엽가 무사들을 이끌고 사라졌다.

그가 보이지 않자 추룡은 갑자기 다리를 후들거리더니 풀썩 한쪽 무릎을 꿇었다.

"푸확!"

입에서 검은 피를 토해냈다.

"형님!"

"큰형님! 괜찮으십니까?"

"괘, 괜찮아! 호들갑 떨지 마!"

군산대도에게 달려들 때 가장 전면에 있었던 만큼 상대적으로 큰 타격을 입은 게 분명했다.

"제, 젠장!"

품에서 금박에 쌓인 단약을 꺼냈다.

주변으로 은은히 청량한 향기가 퍼졌다.

곧장 단약을 입에 털어 넣었다.

그리고 운기조식에 돌입했다.

차 한 잔 마실 시간이 지났을 무렵.

"으쌰!"

자리에서 일어난 그는 낭인대를 윽박질렀다.

"이 개자식들아! 다들 각오해! 나 박살도 추룡이 네놈들을 인간 병기로 개조해 주마! 알아들어?!"

"예!"

"가자!"

추룡의 선도하에 낭인대는 결국 성 밖에 나가 네 시간 동안 지옥 같은 집단전 훈련을 수행했다.

유격 훈련과는 차원이 다른, 무슨 특수부대 훈련 같은 집단전 훈련에 환신은 거의 죽을 뻔했다.

바닥에 토하고 엉엉 울고 난리도 아니었다.

'시, 시발. 기를 각성했다고 당장 뭐 없잖아. 죽다 살았네.'

다음 훈련 때 저승 구경하지 않기 위해서라도 빨리 왕버지에게 기본공을 전수받아야 했다.

내상을 제대로 회복하지 못하고 훈련을 진두지휘한 추룡은 결국 기혈이 뒤틀려 들것에 실려 나갔다.

그 와중에도 군기 빠졌다며 고래고래 악을 쓰는 걸 보니 추룡 역시 보통 인물이 아님을 알 수 있는 장면이 아닐 수 없었다.

숨넘어가기 직전까지 집단전 훈련에 치이고 중간에 또 절맥 발작을 일으켰다.

왕힐의 오에 소속된 덕분에 고참 낭인들의 몽둥이찜질 세례를 겨우 피할 수 있었다.

대신 정신 차리고 일어나니 살벌하게 노려보는 같은 오

낭인들의 눈빛에 간담이 서늘해졌다.

헛간에 돌아오자 허기진 나머지 점소이가 던져준 개죽을 그릇 바닥까지 핥아 먹고 잠시 휴식을 취했다.

밤이 오고 다시 한번 찾아온 태음칠절맥 발작을 말고삐를 입에 물고 끙끙대며 겨우 버텼다.

이 세계에 떨어지고 벌써 수십 번째 겪는 고통이다.

헌데 조금도 익숙해지지 않는다.

그만큼 엄청난 고통이었다.

밤하늘에 달이 휘영청 걸린 야심한 시각.

-끼이익.

환신은 문을 열고 헛간을 나섰다.

그리고 객잔 안으로 들어갔다.

한 객실 앞에 선 환신.

조용히 문을 두드렸다.

그러자 객실 문이 열렸다.

"왔느냐."

"예."

이곳은 왕힐의 거처였다.

고참 낭인들은 헛간에 대충 널브러져 자는 신참 낭인과 달리 객실을 배정받았다.

낭인계는 철저히 경력으로 대우받는 업계였으니 당연한 일.

안으로 들어가자 화려하진 않지만 침상과 탁자가 비치된 중세 중국 특유의 정갈한 객실 내부를 볼 수 있었다.

눈알을 데굴데굴 굴리며 이곳저곳 훑어보는데 왕힐이 자리를 권했다.

"앉아라."

시키는 대로 의자에 앉았다.

왕힐은 환신 앞에 잔을 놓고 따뜻한 차를 따라주었다.

"마시거라."

"감사합니다."

조용히 따라준 차를 홀짝였다.

"……아."

고작 차 한 잔일 뿐인데.

깊은 울림이 가슴 깊숙한 곳까지 파고든다.

그동안 잊고 있던 것.

야만의 세계에 떨어져 처음 맛본 문명의 맛이다.

현실에선 이것과 비교도 되지 않는 걸 누리고 살았는데.

이곳에선 어림 반 푼어치도 없는 일이었다.

눈물이 핑 돈다.

'……젠장. 로그아웃 마려워.'

돌아가고 싶다.

방구석 보금자리로.

차를 다 마시자 왕힐이 손으로 침상을 가리켰다.

"저기 가서 가부좌를 틀거라."

"예."

시키는 대로 침상에 올라가 양다리를 모으고 가부좌를 틀고 앉았다.

분명 다리가 찢어질 듯 아파야 정상인데…… 하나도 아프지 않다.

'이 몸뚱이 되게 유연하네.'

침상 위에 앉자 왕힐이 말했다.

"기경팔맥과 전신 혈맥에 대해 아느냐?"

"……잘 몰라요."

"가르쳐 줄 테니 외워라. 지금부터 네 몸을 짚으며 거기에 어떤 혈이 어느 경로로 흐르는지 가르쳐 주마."

왕힐은 환신의 전신을 손가락으로 누르며 무슨 혈이 있는지 상세히 설명했다.

다 합치면 수백 개도 훌쩍 넘는 어마어마한 양.

혈맥의 경로까지 고려하면 몇 날 며칠을 암기해야 할 분량이다.

헌데 환신은 한 번 듣고 바로 외워 버렸다.

태음칠절맥의 공능 덕분이다.

"한 번에 외우는 건 역시 무리겠지. 수차례 반복해 주마."

"다 외웠어요."

"……뭐?"

그 많은 걸 한 번에?

"정말이냐?"

"그럼요."

환신은 임맥, 독맥, 충맥, 대맥, 양유맥, 음유맥, 양교맥, 음교맥의 기경팔맥을 시작으로 노래하듯 전신 혈맥과 경로를 줄줄 읊었다.

왕힐의 눈이 점점 커졌다.

"다 외운 거 맞죠?"

"……그렇다. 머리가 아주 좋구나."

"감사합니다."

왕힐은 환신이 천재적인 지능의 소유자임을 직감했다.

'허나 오성은 무공 재능과 크게 상관없는 법.'

머리 좋으면 학사를 하면 된다.

무공은 학문과 전혀 다른 차원의 공부였다.

"혹시 글을 아느냐?"

"예."

"허, 보기와 다르게 제법 좋은 집안 출신인 모양이구나. 글도 알고. 알았다. 그럼 지금부터 삼재기공 구결을 전수하겠다."

왕힐은 천천히 구결을 암송했다.

대략 삼백 자 정도 되는 구결.

혈맥과 마찬가지로 한 번에 전부 암기했다.

"다 외웠느냐?"

"예."

"좋군. 그럼 이제 운기조식 요령을 알려주마."

왕힐은 그간의 경험으로 체득한 주의 사항을 설명했다.

그것 역시 듣자마자 모두 외웠다.

"운기조식은 어디까지나 기를 원활히 느끼기 위한 도구에 불과하다. 천지간에 존재하는 기를 먼저 느껴야 한다. 중요한 건 마음을 조급히 먹지 않는 것. 평범한 이라면 삼 년, 뛰어난 재능을 지닌 이는 석 달, 천고의 재능을 지닌 자라면 사흘 안에 기를 느낄 수 있다고 한다. 기억해라. 조급증은 주화입마의 지름길이니라."

그는 씁쓸한 표정으로 말했다.

"나는 단전을 만드는 데 5년의 세월이 필요했다. 평범에도 미치지 못하는 재능을 지녔던 게지. 너는 무공 재능이 있길 바라마. 자, 운기조식을 시도해 보거라."

"예!"

환신은 눈을 감고 운기조식을 시작했다.

사실 낮에 있었던 군산대도와 광동삼살의 격돌로 이미 기의 존재를 느낀 상태.

궁금해 미칠 지경이다.

삼재기공 구결에 따라 전신 혈맥으로 기를 돌려 운기조식하면 과연 어떤 일이 벌어질지.

호흡을 통해 대자연의 기를 체내로 흡수하고 기경팔맥을 따라 일주천(一週天)시켰다.

어렵지 않다.

아니, 쉬워도 너무 쉽다.

대자연의 기는 환신을 열렬히 사랑했으니까.

그의 지배를 당연하게 받아들일 정도로 말이다.

하지만.

-턱!

'으윽!'

혈맥을 타고 흐르던 기가 장애물에 가로막혔다.

전신 칠대혈을 가로막고 있는 음기 덩어리, 태음지기(太陰之氣)다.

조금의 기도 통과시키지 않겠다는 듯 굳건하기 그지없다.

일반적인 재능을 지닌 자라면 태음지기에 막혀 운기조식할 엄두조차 내지 못했겠지.

양강 계열 절맥증과 달리 음한 계열 절맥증을 앓는 자 태반이 무공을 익히지 못하는 이유가 바로 여기 있다.

그래서 음한 계열 절맥증 환자는 보통 천재적인 지능을 바탕으로 책사의 길을 걸었다.

허나.

환신은 달랐다.

'……어? 뭔가 길이 보이는 거 같은데.'

무림 역사상 한 번도 등장하지 않은 역대급 천재.
그게 바로 환신이다.
기린지재의 초월적 재능이 불가능을 가능케 했다.
태음지기 벽 사이 존재하는 아주 미세한 틈.
평범한 무인은 인지조차 못 할 구멍을 따라 말도 안 되는 통제력을 발휘해 어찌어찌 기를 통과시켰다.
다른 칠대혈을 가로막고 있는 태음지기 역시 마찬가지.
무림의 상식을 아득히 뛰어넘는…… 불가해한 일.
하늘의 실수라 부를 만한 재능이다.
기혈을 따라 삼재의 원리로 점점 기가 불어난다.
그렇게 모인 기는 육체의 정중앙인 기해혈에 안착시켰다.
환신은 무지막지한 제어력으로 이를 미친 듯이 회전시켜 극도로 압축했다.
-우웅! 우웅! 파하아악!
이윽고.
육체에 새로운 기관이 탄생했다.
바로 단전(丹田)이다.
지금 이 순간.
환신은 한 명의 무인으로 거듭났다.
일주천을 끝마치고 조용히 눈을 떴다.
단전을 구축한 여파일까?
눈동자에서 '번쩍'하며 시퍼런 안광이 번뜩였다.

가볍게 한숨을 내쉰 후 왕힐에게 물었다.

"이제 뭘 하면 되죠?"

왕힐은 입을 떡 벌린 채 아무 말도 하지 못했다.

얼떨떨한 표정으로 환신에게 물었다.

"기경팔맥을 따라 내공을 일주천시켰느냐?"

"예."

"단전은 형성됐고?"

"배꼽 아래 있는 묵직한 게 단전이면 맞는 거 같은데요."

"……."

왕힐은 두 눈을 부릅떴다.

곧 깊은 한숨을 내쉬며 속으로 한탄했다.

'어찌 나 같은 일개 삼류 낭인에게 이런 재능을 지닌 아이가 찾아왔단 말인가.'

첫 운기조식에 단전을 형성한다?

천 년을 이어온 무림의 유구한 역사 속에 수많은 천재가 있었지만 단언컨대 이런 일은 들어본 적도 없다.

문자 그대로 전무후무한 일.

천재란 말로도 부족한 재능이다.

강호의 명문대파나 세가에서 발견했다면 문파의 미래를 책임질 인재로 애지중지하며 상승절학을 전수했겠지.

'아니! 아직 모른다. 기를 다루는 데 천부적인 재능을 지녔어도 몸치인 경우도 제법 있으니까.'

왕힐은 환신을 보며 어렵게 입을 열었다.

"……잘했다. 그럼 지금부터 칠성권법의 초식과 투로를 전수해주마."

"예!"

무의 기본 원리가 담긴 초식을 북두칠성의 움직임을 본뜬 투로에 맞춰 전개하는 칠성권법.

근골 스탯 올리는 데 적합한 최고의 기본공이다.

환신은 초반 상승무공을 익히기 위한 숙련도 노가다로 칠성권법을 많이 이용했다.

'제천' 무공 시스템상 내외공의 조화가 이루어지지 않으면 상승무공 같은 경우 5성, 초상승무공은 3성 이상 연공이 불가능하다.

환신은 이 점을 잘 알고 있었다.

'역시 왕버지. 전수해 주는 기본공이 하나같이 꿀이네.'

잔뜩 집중한 채 왕힐의 동작을 지켜볼 때였다.

갑자기 정수리를 따라 찌릿한 감각을 느꼈다.

어찌된 영문인지 왕힐이 투로를 전개하는 근육과 뼈의 움직임, 힘의 배분 등을 완벽히 파악할 수 있었다.

어떻게 아냐고 물으면 딱히 할 말이 없다.

'그냥' 아는 거니까.

한 가지 확실한 건 지금 당장이라도 저 동작을 따라 할 수 있다는 것.

그것도 완벽히 말이다.

자기도 모르게 손발을 움직였다.

홀린 듯 왕힐의 칠성권법 투로를 흉내 냈다.

단순한 모방이 아니다.

그 이상이다.

시범을 끝마친 왕힐은 무아지경으로 칠성권법을 전개하는 환신을 보고 헛바람을 들이켰다.

실로 아름다운 광경이었다.

무려 30년.

30년을 익힌 칠성권법이다.

애송이 낭인 시절 고참 낭인 눈을 피해 객잔 구석에서, 고참 낭인이 된 후 전장 한가운데서 쪽잠을 자다 일어나 주먹을 내질렀지.

하루도 수련을 거르지 않았다.

덕분에 지금까지 살아남았다.

칠성권법에 대한 이해도만큼은 누구에게도 뒤지지 않는다 자부했다.

헌데 보라!

방금 칠성권법을 전수받은 저 소년을!

실로 유려하며 일말의 군더더기조차 찾아볼 수 없는 완벽함.

버드나무 가지를 연상시키는 유연함으로 동작에 일체의

막힘이 없다.

확신할 수 있었다.

지금 이 순간.

환신의 칠성권법 경지는 자신보다 위였다.

익히자마자 칠성권법을 대성하고 나아가 12성 극성에 도달해 버렸다.

왕힐은 자기도 모르게 중얼거렸다.

"실로 천고의, 아니, 만고(萬古)의 재능. 저 아이가 강호 역사에 남을 천재(天才)로 기록될지, 아니면 천재(天災)가 될지 가늠조차 할 수 없구나."

심중에 두려움이 피어오른다.

허나 두려움이 전부는 아니다.

저 재능.

상상조차 해본 적 없는 재능을 지켜야 한다는 신념 역시 커졌다.

왕힐의 가슴속에 어떤 책임감이 차오르기 시작했다.

칠성권법의 투로를 모두 전개한 환신은 본능적으로 깨달았다.

자신이 칠성권법의 끝을 보았음을.

칠성권법이 품고 있는 개념과 오의, 창시자의 의도 등등 모든 것을 밑바닥의 밑바닥까지 완벽히 체득한 것이다.

체득했다 함은 몸으로 완전히 익혔음을 말한다.

그저 몸을 움직였을 뿐인데 그렇게 됐다.

'크으! 기린지재 이거 완전 미쳤어!'

말도 안 되는 재능이다.

인정해야만 했다.

이 세계로 넘어오며 방구석 게이머는 사라지고 기린지재라는 절대 재능을 보유한 환신이라는 새로운 존재로 탈바꿈했음을 말이다.

그때였다.

왕힐이 진중한 눈으로 자신을 응시하자 자기도 모르게 몸을 움츠렸다.

"안심하거라."

슬쩍 고개를 들고 왕힐을 보았다.

왕힐은 한숨을 내쉬며 말했다.

"무림엔 '보물을 가진 게 죄'라는 금언이 있다."

어떤 의도로 하는 말인지 바로 감 잡았다.

무림에는 수많은 보물이 존재한다.

무공비급, 신병이기, 영약, 영물, 기진이보 등등…….

이 모든 게 보물이다.

하지만 진짜 보물은 따로 있었다.

바로 '사람'이다.

뛰어난 자질을 지닌 기재야말로 진짜 보물인 것이다.

환신은 서브 퀘스트를 수행하며 천부적인 재능을 지닌

인재를 얻기 위해 강호의 절대고수나 세력 간에 사활을 건 '쟁탈전'이 벌어지는 걸 수도 없이 목격했다.

쟁탈전 과정에서 뛰어난 재능이나 체질을 지닌 기재가 알력 다툼에 치여 죽어 나자빠지는 경우도 흔했다.

이제 환신 자신이 그 대상이다.

'……절대고수들이 나를 놓고 쟁탈전을 벌인다고?'

상상만 해도 끔찍하기 짝이 없다.

"앞으로 내 옆에 꼭 붙어 있거라. 당장 헛간에서 나와 내 객실로 옮기도록 해라."

"아, 알겠습니다."

드디어 더러운 헛간을 탈출하는 건가?

헛간 옆 마구간 말똥 냄새 때문에 환장할 지경이었는데.

환신이 조심스럽게 물었다.

"……왜 저에게 이런 친절을 베푸시는 건가요?"

그 물음에 왕힐은 잠시 침묵했다.

잠시 후 천천히 입을 열었다.

"젊었을 때 한 여인을 통해 아들을 얻었지. 그 아이가 딱 네 나이에 죽었다."

그걸로 끝.

더는 입을 열지 않았고 환신 역시 묻지 않았다.

다음 날부터 환신은 왕힐의 객실에서 머물렀다.

끼니마다 나오는 소면은 헛간에서 먹던 개죽과 비교도 되지 않았다.

이 세계에 떨어지고 며칠 만에 사람다운 먹거리를 섭취하자 눈물이 핑 돌았다.

왕힐의 객실에서도 절맥 발작은 여전했다.

며칠간 쌓은 경험으로 입에 가죽끈을 물고 버텼지만 끙끙대는 소린 어쩔 수 없었다.

자는 데 방해됐을 텐데 조금도 나무라지 않는다.

그저 보살펴 줄 뿐이다.

환신은 그런 왕힐에게 고마움을 느꼈고 역시 왕버지라며 감탄했다.

왕힐은 추룡에게 환신을 자신의 오에 넣겠다고 통보하였다.

추룡은 그 말에 반색했다.

왕힐은 광주 낭시에서 고참 중의 고참으로 그의 오는 최악의 상황에도 불구하고 항상 최고의 생존률을 자랑했다.

그런 유능한 인물이 낭인대에서 고문관으로 낙인찍힌 환신을 맡아준다니.

덕분에 귀찮은 일 하나 덜었지 뭐.

환신은 왕힐의 입지가 이 정도인가 싶어 감탄할 따름이었다.

다음 날부터 일주일간 집단전 훈련이 이루어졌다.

뛰고, 열을 맞춰 이동하고, 집단으로 무기를 휘두르고, 간단한 진법을 훈련한다.

저질 체력에도 불구하고 독기를 발휘해 훈련에 매진했다.

중간중간 한계에 봉착할 때면 바닥에 엎드려 속에 든 걸 전부 게워냈다.

또 시간이 되면 여지없이 찾아오는 절맥 발작.

왕힐이 뒤를 봐주지 않았다면 같은 오의 낭인들에게 얻어터져도 열두 번은 더 얻어터졌겠지.

낮 시간 동안 지옥 같은 훈련을 버텨내면 심야엔 무공 수련과 체력 단련이 이루어진다.

비록 환신이 하늘에서 뚝 떨어진 듯한 만고의 재능을 지닌 무공 천재였지만 여전히 체력은 일반인만 못했다.

그래서 왕힐은 성벽을 따라 뜀박질을 시켰다.

몇 바퀴 뛰고 난 뒤 운기조식으로 전신 기혈을 풀어준 후 다른 무공을 전수했다.

남은 밑천인 육합검법과 원앙각을 가르쳤는데 당연하다는 듯 하룻밤 새 대성해 버렸다.

이제 이 정도론 놀라지도 않았다.

그렇다고 놀랄 일이 없냐면 그건 또 아니었다.

네 개의 기본공을 대성한 환신은 뭐가 그리 마음에 안 드는지 인상을 찌푸리며 며칠 사이 초식을 이리저리 조합해 뜯어고쳤다.

그러자 기본공이 더욱 완벽한 무공으로 탈바꿈해 버렸다.

이 광경을 보고 환신의 천재성이 단순히 무공을 익히는 데 국한되지 않는다는 사실을 알게 되었다.

'……대종사의 재능이다!'

무공을 익히고, 발전시키는 것에서 한 발짝 더 나아가 아예 새로운 무공을 창조하고 이를 정리해 명문대파의 개파조사가 될 재능.

소림의 달마대사, 무당의 원원자 장삼봉, 천마신교의 일대천마가 지녔다고 일컬어지는 재능이다.

강호에선 이를 '대종사(大宗師)의 재능'이라 칭한다.

왕힐은 환신이 자신이 생각한 것보다 더 대단한 천재라는 사실을 깨달았다.

그만큼 마음은 더 무거워졌지만.

한편 무공을 익히는 과정에서 환신은 한 가지 사실을 알게 됐다.

삼재기공 구결에 따라 운기조식을 하자 태음칠절맥 발작의 시간과 고통이 줄어든다는 것.

유의미한 수준은 아니다.

허나 초를 백분지 일로 쪼개는 천부적인 지각 능력은 이를 명징한 수치로 변환할 수 있었다.

분명했다.

운기조식으로 절맥 발작을 약간이라도 억제할 수 있다!

한 가지 더.

내공이 생기자 환신이 지닌 또 다른 특성이 발현했다.

바로 고유급 특성 '철골금강지체'.

철골금강지체는 사실 그리 대단한 건 아니다.

이 체질이 주는 공능은 간단했다.

내공을 집중하면 피부와 뼈, 내장, 혈맥이 단단해진다.

그게 전부다.

육체가 단단해지면 전투에 유리해 보이지만 무의 세계에선 딱히 그렇지도 않았다.

내가중수법이 담긴 장법 한 방에 내장이 전부 터져 뱃속이 피고름으로 가득해지니 말이다.

덕분에 철골금강지체는 '똥급 특성'이라는 별칭으로 불렸다.

환신 역시 '사상최강의 무공'을 익히는 필수 조건이란 사실을 알기 전까지 그렇게 생각했다.

헌데 삼재기공으로 형성한 내공이 철골금강지체와 합쳐져 혈맥까지 단단해지며 고통을 억제하는 효과를 주었다.

여러모로 다행이다.

덕분에 환신은 운기조식에 집착하게 됐다.

삼재기공 같은 기본공으로 얼마나 큰 효과를 보겠냐마는 조금이라도 고통이 줄어드는데 어쩌겠는가.

무조건 해야지.

그렇게 시간이 흐르고.

왕힐은 추룡의 호출을 받아 광동삼살이 머무는 객실로 걸음을 옮겼다.

"신아. 같이 가자꾸나."

"예."

객잔 5층에 위치한 특실.

안으로 들어가자 이미 다른 오의 오장 몇 명이 모여 있었다.

왕힐이 특실로 들어오자 추룡이 입을 열었다.

"왕 노야께서 오셨으니 이야기를 시작해도 되겠군."

"추 대주. 무슨 일인가?"

오장 중 가장 고참인 왕힐의 물음에 추룡이 진지한 얼굴로 입을 열었다.

"왕 노야의 오를 비롯해 여기 모인 오장들의 오 모두 나를 따라와 줘야겠소."

"흠. 중요한 일인가 보군."

추룡이 고개를 끄덕이며 충격적인 소식을 전했다.

"제천사에서 집법사자가 온다고 하오."

3장
십전홍예

객실 공기가 싸늘하게 가라앉았다.
당연했다.
제천사(制天司)는 강호를 종횡하는 무림인에게 공포 그 자체다.
마음 같아선 평생 마주치고 싶지 않은 존재.
그게 제천사였다.
환신 역시 제천사에 대해 잘 알고 있었다.
왜냐하면 세 가지 무림출도 중 환신이 가장 많이 플레이한 게 바로 제천사였으니까.
99회차 중 거의 70회차를 제천사로 플레이했다.
그만큼 제천사란 조직은 매력적이다.
'제천' 세계관 내 절대 세력.
무림 역사상 최초로 정사마(正邪魔)를 일통하고 황실조차 압도한 단체.

바로 무림일세(武林一勢) '제천맹'이다.

''제천'에서 제천맹의 존재는 알파요, 오메가지. 메인 스토리 자체가 제천맹의 주인 자리를 놓고 벌이는 패권 전쟁이니 당연한 일이야.'

제천사는 그런 제천맹 산하 감찰 조직으로 제천맹의 천하지배를 유지하는 데 핵심적인 역할을 수행한다.

반면에 '청류무사'는 제천맹 천하를 붕괴시키려는 세력의 일원으로 무림판 테러리스트 조직이라고 보면 되겠지.

기본적으로 제천사와 청류무사는 제천맹의 존속을 놓고 박 터지게 싸우는 관계다.

'제천사, 청류무사. 어느 쪽을 선택하든 천하를 놓고 벌이는 세력 다툼의 희생양이 될 가능성이 커.'

낭인은 두 세력의 중간자적 위치라고 보면 된다.

돈을 받고 칼을 파는 위치.

낭인 중에도 무림의 진정한 강자로 분류될 만한 고수들이 제법 버티고 있으니 얕잡아 볼 수 없다.

여기에 제천맹 산하 패권 세력, 통칭 '제천팔패(制天八覇)'의 대립이 본격적으로 부각되는 사건과 함께 '제천'의 진정한 이야기가 시작된다.

무림인들이 제천사를 두려워하는 이유가 몇 가지 있는데 첫 번째로 천하의 누구든 감찰할 수 있는 권한이다.

하지만 이게 다가 아니다.

무림은 언제나 법보다 폭력이 앞선다.

'권한이 있으면 뭐 해. 당장 눈앞에서 칼이 날아오는데.'

제천사가 진정 두려운 이유는 강제로 감찰을 수행할 수 있는 절대 무력을 보유하고 있기 때문이다.

세력의 강대함?

아니.

무림에선 한 명의 절대고수가 다수를 압도한다.

제천사가 무서운 이유.

총수가 독보적인 강자기 때문이다.

환신은 제천사 총수를 떠올리며 몸을 부르르 떨었다.

'제천' 세계관 무력 끝판왕.

제천맹 성립 과정에서 무공 천하제일 자리를 놓고 '태산쟁위'라 일컬어지는 공전절후의 혈투를 벌인 열한 명의 초월자.

제천맹주 묵시천존과 제천맹 십대봉공 천간십존.

그중 천간십존 계위(癸位), 검왕지존 신검황(神劍皇) 율무극!

'천하제이검(天下第二劍)'이란 존승한 칭호로 추앙받는 규격 외의 초월자가 바로 제천사 총수였다.

이들 묵시천존과 천간십존은 게임상에서 독보적인 포스를 자랑하는데 초반 조우했을 시 그냥 태풍 같은 자연재해 정도로 취급받는다.

상상하지도 못한 순간 갑자기 출현해 판을 깨버리니까.

최종장에 진입하면 괴물 같은 강함으로 플레이어들에게 절망감을 심어주지.

'십존을 상대할 수 있는 건 십존뿐.'

강호의 절대 법칙이다.

'제천' 뉴비가 십존 영접했다며 게시판에 스크린샷과 자랑 글을 올리면 다들 어떻게 잘 살아남았다며 무수한 축하의 댓글을 달아주는 게 국룰이었다.

그만큼 엄청난 존재란 뜻이다.

이런 제천사에서 실질적인 감찰을 담당하는 게 바로 집법사자다.

이들 전원 절정고수로 이루어져 있었다.

집법사자는 항시 10여 명의 제천무사를 대동한다.

무림출도 '제천사'를 선택하면 집법사자 밑에서 제천무사로 활동하게 된다.

제천무사는 전원 일류고수로 구성되기 때문에 초반은 견습무사로 시작한다.

제천사를 선택할 경우 신검황의 가문인 '검황가(劍皇家)' 기본 무공 5종 세트를 전수받는다.

이게 초반 성능이 너무 좋아 여러 제약에도 불구하고 꿀 제대로 빨아보려고 무림출도 '제천사'를 선택하는 경우가 태반인 실정이다.

제천사의 주요 임무 중엔 계투와 같은 민간 항쟁 감찰 역시 포함된다.

추룡이 오장들을 보며 입을 열었다.

"제천사 집법사자가 계투를 주관하기 위해 왕림할 것이오. 집법사자를 맞이하는 자리에 고용주와 객가 무리 역시 오기로 했소. 고용주는 낭인대 역시 그 자리에 와주길 바라오."

왕힐이 고개를 끄덕이며 말했다.

"객가 측에 세를 과시하고 싶은 모양이군."

"역시 왕 노야답소. 정확하오."

추룡은 오장들을 보며 입을 열었다.

"낭인대는 5개 오를 동원할 예정이오. 이 자리에 있는 오장들의 오를 대동하겠소."

상황 파악을 끝낸 오장들은 고개를 끄덕이며 동의했다.

모두 나름 안심하고 있었다.

설마하니 집법사자가 눈 시퍼렇게 뜨고 지켜보는데 객가 무리가 싸움을 걸진 않겠지.

환신은 '제천' 썩은물의 감으로 이게 일종의 이벤트임을 깨달았다.

'낭인 게시판에도 이런 이벤트 있다는 얘긴 못 들어봤는데. 왕버지랑 관계 깊어지고 어떤 조건을 달성하면 대동하는 건가? 신기하네.'

과연 무슨 일이 벌어질까?

들뜬 마음으로 객잔을 나섰다.

광주 성도 중앙엔 관아가 위치해 있다.

그런 관아 옆.

무려 10층에 이르는 거대 누각이 제천맹 광동 분타였다.

관아를 내려다보는 저 거대함이야말로 현 천하 정세를 함축적으로 은유한다.

광주뿐만이 아니다.

각 성의 성도 역시 모두 동일하게 관아 옆에 누각이 버티고 서 있다.

제천맹 총단이 북경 옆 천진에 위치해 있으니 제천맹의 천하 지배의 그림자를 은근히 엿볼 수 있는 부분이 아닐 수 없었다.

그런 제천맹 광동 분타 앞에 일단의 인물이 모여들었다.

불산엽가와 객가 이재민 무리였다.

환신 역시 낭인대를 따라 이곳에 도착했다.

낭인대는 불산엽가 쪽에 가서 섰다.

불산엽가 무사와 낭인대가 한자리에 모이자 제법 그럴싸한 위용이 갖춰졌다.

환신은 왕힐 뒤에서 몰래 양측을 관찰했다.

앞으로 벌어질 광동계투에서 생존하기 위해서라도 정보를 습득해야 하니까.

환신은 낭인 게시판에 올라왔던 내용과 왕힐에게 들은 사실을 바탕으로 장내 인물들을 살폈다.

먼저 두 세력 중간에 화려한 무복을 입은 무사들을 거느린 채 팔짱을 끼고 있는 우락부락한 장년 남성.

제천맹 광동 분타주 철산권 진맹이 분명했다.

'게임 베이스라 그런가? 다들 입고 있는 의상에 현대적 패션 스타일이 가미돼 있네. 신기해. 어라? 제천무사 의상 실제로 보니 겁나 멋진데. 역시 겜덕질은 룩덕질이지.'

철산권 진맹을 중심으로 좌측은 불산엽가 진영이었다.

불산엽가 무사들이 지난번 조우한 2공자 엽지강 외에 두 명의 남자를 보호하듯 진을 치고 있었다.

바로 불산엽가의 가주 엽무와 대공자 엽중강이다.

저들은 불산엽가의 직계로 핵심 인사였다.

그때 한 가지 특이한 점이 눈에 들어왔다.

엽중강 주변으로 불산엽가 무사들과 확연히 구분되는 차림새를 한 무사들이 검을 패용하고 있는 것이다.

자세히 보니 하나같이 소매에 태극 문양 자수가 새겨져 있었다.

왕힐이 조용히 입을 열었다.

"불산엽가 직계는 대대로 무당파 속가제자로 본산에서 수행한다. 엽중강 대공자 역시 얼마 전까지 무당산에 있었지. 헌데 이번 계투 소식을 듣고 급히 돌아왔다고 하는구나."

"아, 그렇군요."

"또한 불산엽가는 무당파에 막대한 은을 시주하고 속가제자를 지원받았다고 한다. 이들을 이끌고 온 게 엽중강 대공자다. 비록 무당칠성검수나 기명제자 수준엔 미치지 못하지만 덕분에 객가 무리에 밀리지 않을 전력을 갖췄음은 분명하다. 불산엽가의 저력이 상당하구나."

불산이라는 광동성 핵심 지역에서 수백 년간 힘을 축적한 불산엽가다.

이 정도 역량이 없다면 거짓말이겠지.

"계투 중 혹시라도 위기에 처하면 저들 무당검수 뒤로 숨거라."

"예."

고개를 돌려 이번엔 객가 무리 쪽으로 시선을 던졌다.

50명 정도 되는 강좌무인 사이로 유독 눈길을 끄는 삼남일녀에 주목했다.

저들이 바로 광동계투 이벤트 생존률을 극도로 낮추는 주범, 강좌사우였다.

환신은 몰래 그들을 살폈다.

먼저 눈에 들어온 건 고운 옥을 깎아 만든 경옥관을 쓰고 상투에 순금 비녀를 꽂은 채 멋들어진 수염을 기른 청수한 인상의 중년인으로 손에는 큰 철선을 들고 있었다.

옆에는 주작대로에서 조우한 긴 수염을 기른 근육질 거한 군산대도 관충이 버티고 섰다.

한쪽에는 등이 굽은 왜소한 체구의 염소수염 중늙은이가 있었다.

볼품없는 외모지만 눈빛에 칼날이 깃든 것이 보통 심기의 소유자가 아닌 듯싶었다.

마지막으로 나비가 수놓인 궁장 차림을 한 아름다운 미모의 중년 여인이 보였다.

왕힐이 심각한 얼굴로 그들에 대해 설명했다.

"신아. 저들이야말로 강좌무림에서 혁혁한 명성을 떨친 호협 강좌사우다. 각각 철심수사 문인계, 군산대도 관충, 천면호리 마개위, 형산선자 주예로 저들 모두 강호의 유명한 일류고수인데 특히 철심수사 문인계는 절정고수 중 최상위로 일개 현의 패자를 자처할 만하지. 이번에 군산대도 역시 절정의 경지에 입문했음이 드러났으니 이번 계투는 흉험함으로 가득할 성싶구나. 그러니 저들 근처에도 가지 말거라."

환신은 왕힐의 충고에 고개를 끄덕였다.

강좌사우는 광동계투 이벤트의 보스 격으로 어마어마한 포스를 자랑한다.

'낭인 플레이어들이 강좌사우한테 쓴맛 잔뜩 보고 와서 게시판에 간증 글 줄줄이 올렸지 아마?'

게임 오버 되면 욕 한 번 하고 다시 플레이하면 되지만 이젠 그럴 수 없다.

무조건 살아남아야 했다.

반드시.

그때였다.

문득 강좌사우의 대형인 철심수사 쪽으로 시선을 던졌다가 큰 충격에 휩싸였다.

동시에 엄청난 압박을 느꼈다.

그리고.

철심수사 주위로 오색의 폭풍이 휘몰아치는 장면을 목격할 수 있었다.

강렬한 힘의 파동에 전신이 벌벌 떨린다.

'마, 말도 안 돼. 저게…… 나와 같은 사람이라고?'

기해혈, 즉 단전을 중심으로 미친 듯이 회전하는 영력의 폭풍!

평범한 자라면 죽었다 깨나도 볼 수 없겠지.

문득 어째서 이런 기현상이 벌어지는지 깨달았다.

'이건 혹시…… 기린안?'

기린지재 특성에 붙어 있는 부가 특성, '기린안(麒麟眼)'!

그게 아니고선 이 현상을 도저히 설명할 수 없다.

환신의 기린안이 철심수사 주변을 따라 흐르는 기의 발현을 감지해 냈다고 보는 게 옳겠지.

'동술(瞳術) 계열 부가 특성은 무공 경지가 높아질수록 성능이 좋아져. 기린안. 대박 특성이 분명해!'

무공 경지가 높아지면 기린안이 어떤 역할을 하게 될까?

가슴이 쿵쿵 뛰었다.

그때 철산권 진맹이 한 발짝 앞으로 나섰다.

"허허, 불산엽가 분들과 강좌사우 협객 모두 이리 오시구려. 모처럼 한자리에 모였으니 인사라도 나누는 게 좋겠지. 이 자리가 아니고선 앞으로 말 섞을 일 따위 없을 듯싶으니 말이오."

눈치 없는 철산권 진맹의 언사에도 불구하고 양측 모두 한마디 항의 표시조차 하지 않았다.

아니, 못했다.

당연한 일이다.

철산권 진맹은 제천맹 광동 분타주.

무례해도 되는 신분이니까.

진맹에게 불산엽가와 객가 무리가 벌이는 계투 따위 개미집을 놓고 벌이는 개미들의 투쟁과 별반 다를 바 없는 일이겠지.

양측은 떨떠름한 표정으로 포권했다.

"불산엽가 가주, 엽무요."

"문인계입니다. 강호의 친구들은 본인을 철심수사라 부르지요."

그걸로 끝.

철산권 진맹도 더 이상 권하지 않았다.

깊은 침묵이 장내에 감돌았다.

살벌하기 짝이 없는 분위기.

오직 철산권 진맹만이 여유로운 태도를 유지하고 있었다.

바로 그때.

-두두두두두두두!

육중한 굉음이 울려 퍼지며 성문 쪽 주작대로를 따라 마차 세 대가 엄청난 속도로 달려왔다.

그중 앞뒤로 사두마차 두 대의 호위를 받는, 아름다운 백마 여덟 마리가 이끄는 팔두마차가 유독 눈길을 끌었다.

붉은 비단에 금색 단사로 '제천사'라 적힌 깃발이 팔두마차에 걸려 있었다.

장내에 긴장감이 고조됐다.

당금 무림에 제천사 출현을 목격하고 긴장하지 않을 자가 어디 흔할까.

미친 듯이 달리던 마차 행렬은 이윽고 누각 앞에 멈춰섰다.

그리고.

마차의 문이 열렸다.

-또각. 또각.

누군가 마차에서 내려와 걸음을 내디딘다.

여인이다.

모두 숨죽이고 그 광경을 지켜봤다.

그럴 수밖에.

압도적인 장면이었으니까.

기이한 외양의 소유자였다.

머릿결은 신비로운 은발.

푸르스름한 광택의 눈동자를 따라 자색 전류가 넘실거린다.

하지만 진정 그녀를 특별하게 만드는 건 주위를 빙글빙글 공전하는 일곱 개의 금속 구슬.

-파지지직!

순금과 만년한철 합금 구슬엔 삼조룡이 양각돼 있었다.

구슬을 따라 자색 전류가 사방으로 뻗어 나갔다.

그녀는 '제천' 특유의 현대적 감각이 가미된 비단 무복을 입고 귀엔 순금 귀걸이, 허리에는 자수정, 녹옥 등으로 장식된 은제 요대를 매고 있었다.

기인이사가 넘쳐나는 무림에서도 이 정도로 기이한 외양의 소유자는 쉽게 찾아보기 힘들었다.

-척! 척! 척!

팔두마차는 물론이고 육두마차에서 무복 가슴팍에 사

(司), 등에 제천이란 글자가 수놓인 전포를 착용한 무사들이 우르르 몰려나와 여인을 호위했다.

갑작스러운 상황에 장내의 모두 어리둥절할 때.

환신 홀로 입술을 부들부들 떨었다.

저 여인이 누군지 알고 있었으니까!

'……십전홍예(十全虹蜺) 율약벽!'

제천맹에는 '비천십이룡'이라 불리는 이립(30세) 이하 후기지수 집단이 존재한다.

전원 초절정고수로 이루어진 비천십이룡의 수장이 바로 십전홍예 율약벽이다.

율약벽은 신검황 율무극의 하나뿐인 손녀라는 신분과 압도적인 무력을 바탕으로 제천사 양대 총령 중 좌총령의 지위를 차지하고 있었다.

물론 이는 어디까지나 세계관 설정일 뿐이고.

'제천' 플레이어에게 율약벽이 가지는 의미는 남달랐다.

제천 커뮤니티에선 1년에 한 번 캐릭터 인기투표를 하는데 율약벽은 항상 1, 2위를 놓고 각축전을 벌였다.

그만큼 매력적인 캐릭터라는 의미다.

최애는 최애, 율약벽은 율약벽이라는 말이 나올 정도로 인기 만점이었다.

헌데 '진짜' 율약벽을 보게 되다니!

'……미친! 저게 사람이야? 왜 저렇게 예뻐?'

폴리곤 덩어리인 화면 속 율약벽과 달리 실존 인물 율약벽은 그야말로 차원이 다른 아름다움을 선보였다.

동양인이라기보다 북유럽계를 연상시키는 외모다.

거기에 아시아 특유의 둥글둥글함이 살짝 가미된 느낌이랄까.

눈 호강이 따로 없다.

하지만 그것도 잠시.

진짜는 순식간에, 마치 해일처럼 밀고 들어왔다.

-부들 부들 부들.

"……어?"

무의식적으로 오른손에 시선이 간다.

손이 제멋대로 떨린다.

왼손으로 오른손을 꾹 잡아 눌렀지만 소용없었다.

손의 떨림은 팔을 넘어 어깨로, 상체로, 이윽고 전신으로 번졌다.

'이게…… 뭐야!'

정수리의 백회혈을 파고드는 찌르르한 감각.

동시에 거대한 무언가가 밀려들며 온몸을 때린다.

기린지재만이 가지는 독보적인 '기 민감성'이 율약벽이 은은히 방출하는 기파의 무시무시함을 감지해 낸 것이다.

내가고수 특유의 진기 수발로 기파의 방출을 최대한 틀어막고 있었지만…… 느낄 수 있다.

아니, 보였다.

율약벽의 기해혈을 중심으로 사방팔방 뻗치는 자색 전류!

한 가닥 기의 편린조차 가공할 파괴를 불러일으키겠지.

방금 전 막강한 기세를 자랑했던 철심수사 따위.

지상의 무지한 자들을 심판하기 위해 천신이 내리꽂는 벼락 그 자체인 율약벽의 기세에 비하면 실로 미약한 존재에 불과하다.

살아 있는 뇌정지기(雷霆之氣)의 총화.

'제천' 세계관 최강의 뇌공 고수.

그게 바로 율약벽이다.

바로 그 순간.

율약벽과 눈이 마주쳤다.

유리알 같은 시선.

거기엔 아무 감정도 담겨 있지 않았다.

사람이 돌을 보고 무슨 감정을 생길까.

돌은 돌일 뿐.

그게 전부다.

율약벽에게 자신은 지나가면 발에 차이는 돌멩이 정도에 불과했다.

바로 깨달았다.

그녀는 자신에게 조금도 관심이 없음을.

마치 신이 인간을 굽어보는 듯한 느낌.

그조차도 찰나지간이다.

곧 율약벽은 환신에게서 시선을 거뒀다.

"푸하! 하아, 하아."

가까스로 막혔던 숨통이 트였다.

살 것 같다.

하지만…… 심장에 말뚝처럼 틀어박힌 지독한 모멸감은 사라지지 않는다.

율약벽은 반가운 게임 캐릭터 따위가 아니었다.

환신 자신이 전혀 다른 세계에 떨어졌으며 얼마나 미약한 존재인지 강제로 머릿속에, 가슴에 각인시키는 잔인한 존재다.

자신 따위.

언제든 벌레처럼 지려 밟을 수 있는 괴물일 뿐.

그게…… 너무 아팠다.

태음칠절맥 발작보다 더.

그때.

가슴속에 모멸감 대신 율약벽에 대한, 아니, 이 세계에 대한 반감이 모락모락 피어올랐다.

환신이 누군가.

타고난 반골 기질에 독기로 똘똘 뭉친 더러운 성격의 소유자 아닌가.

'……두고 봐. 강해지겠어! 강해지고 강해져서 다신 나

를 내려다볼 수 없게 만들 거야!'

이 세계에 떨어져 처음으로 한, 굳은 다짐이었다.

"허허허, 다들 아시나 모르겠는데. 이 아이는 제천사 양대 총령 중 좌총령인 율약벽이라 하오."

철산권 진맹의 말에 불산엽가 측은 물론이고 강좌사우 역시 황급히 포권했다.

"제천사 좌총령을 뵙습니다!"

"좌총령을 뵙습니다!"

불산엽가와 객가 무리 모두 율약벽에게 고개를 숙였다.

이것이 제천사 총령이 무림에서 차지하는 위상이다.

율약벽은 가볍게 고개를 끄덕였다.

불산엽가 가주 엽무가 그녀를 보며 불안한 어조로 말했다.

"어찌 좌총령께서 이런 벽지까지 걸음 하셨는지……."

"여기 계신 진 대협께선 부친과 매우 가까운 사이로 저 역시 진 대협을 숙부로 모시고 있어요. 부친의 명으로 진 숙부께 전할 것도 있고 해서 겸사겸사 집법사자 대신 오게 됐죠. 오랜만에 뵙고 싶기도 했고요."

"푸하하핫! 벽아야! 이 숙부가 그리도 보고 싶더냐!"

"……저도 이제 다 컸으니 얼굴에 수염 부빌 생각 마세요."

"거참, 서운하게 시리."

철산권 진맹이 입맛을 쩝쩝 다셨다.

정말로 얼굴을 비빌 셈이었던 모양이다.

엽무는 떨떠름한 얼굴로 말했다.

"그, 그렇군요. 잘 부탁드립니다."

율약벽은 무심히 고개를 저었다.

"그런 말 하실 필요 없어요. 전 어디까지나 계투를 공증하기 위해 이곳까지 왔을 뿐. 집법사자가 하는 일과 하등 다를 바 없으니 어느 쪽도 편들지 않겠어요. 오늘 이후 양측 모두 절 만날 일 따위 없을 거예요."

"……알겠습니다."

그녀는 냉엄한 눈빛으로 불산엽가와 객가 무리를 쓱 훑으며 입을 열었다.

"이 자리에서 선언합니다. 조정과 제천내각을 대리해 맹규와 그간의 관례에 따라 이번 계투를 승인합니다. 패자는 승자의 요구를 들어줘야 하며 계투에서 패한 쪽이 요구를 불이행할 경우 승자를 대신해 제천사가 이를 집행할 것입니다."

"알겠습니다."

"동의합니다."

"그럼 양측 모두 요구 사항을 말씀해 보세요."

철심수사가 한 발짝 앞으로 나와 객가 무리를 대표해 말했다.

"장강 이재민이 계투에서 승리하면 불산엽가는 이재민들

이 정착할 수 있도록 소유한 토지의 절반을 내주시구려."

"뭐?! 이런 화적 떼 같으니!"

"그게 말이 된다고 생각하느냐!"

불산엽가 측 무사들이 분통을 터뜨렸다.

엽무가 손을 들자 아우성이 뚝 그쳤다.

율약벽이 엽무에게 물었다.

"불산엽가 측 요구는 무엇인가요?"

엽무의 눈동자에서 불똥이 튀었다.

"내 요구는 간단하오. 객가에서 건설한 토루를 흔적조차 남기지 않고 완전히 철거하고 그간 불산엽가가 받은 피해에 대한 보상으로 이재민 전원 30년간 불산엽가의 노비로 일해줘야겠소."

엽무뿐만이 아니었다.

엽중강과 엽지강, 나아가 불산엽가 무인 모두 분노하고 있었다.

수백 년 동안 불산을 지켜온 불산엽가, 나아가 소작농들 모두 이재민 객가 때문에 1년 가까이 고통받았다.

목숨보다 중요한 땅을 빼앗으려 한 대가로 노비 정도면 싸지.

"뭣이?!"

"노비라니! 그게 무슨?!"

하지만 엽무의 요구는 여기서 끝이 아니었다.

"강좌사우와 강좌무인들까지 노비가 되라는 건 무리한 요구겠지. 대신 제천맹 맹규에 따라 몸값을 지불하거나 몸값을 완납할 때까지 불산엽가 빈객으로 10년간 봉사해 주시오."

"으음……."

철심수사는 침음성을 터뜨렸다.

엽무의 요구는 과해도 너무 과했다.

하지만 객가 무리는 가진 게 없었다.

불산엽가가 소유한 대토지 절반이면 엽무가 내건 조건과 저울질했을 때 얼추 균형이 맞는다.

고향이 물에 잠겨 몸만 겨우 빼낸 빈털터리들에게 선택의 여지 따위 존재치 않았다.

한참을 고민하던 철심수사는 힘겹게 고개를 끄덕였다.

"……동의하오."

어느 쪽이 승리하든 패자에겐 비참한 결말이 예정돼 있다.

그럼에도…… 하지 않을 수 없다.

그게 비정강호였으니까.

양측 모두 동의하자 제천맹 광동 분타 소속 학사가 해당 내용과 조건을 적은 문서를 제작했다.

문서에 엽무와 철심수사가 나란히 수결하자 학사는 수결된 문서를 비단에 붙인 후 둘둘 말아 율약벽에게 바쳤다.

그녀는 문서를 준비한 자개함에 넣었다.

"이로써 불산엽가와 객가의 계약이 체결됐으니. 나 제천사 좌총령 율약벽이 이번 계투의 승패를 공증합니다."

율약벽이 다시 한번 좌중을 쓸어본 후 말했다.

"계투가 성립됐습니다."

장내에 침묵이 감돌았다.

하지만 그것도 잠시.

"와아아아아아!"

양측 모두 환호성을 터뜨렸다.

어찌 그렇지 않겠는가.

무인은 칼로 말하는 법이다.

전장이야말로 그들이 살아 있음을 느끼는 공간.

피가 두려웠으면 무인이, 낭인 따위 되지 않았겠지.

환신 역시 그들이 내뿜는 광기에 휘말려 폐부로부터 솟구치는 함성을 목이 터져라 내질렀다.

광동 땅에서 향후 수십 년간 회자될 '광동계투'의 서막이 열렸다.

찐득한 피 냄새가 청명한 광동성 하늘을 뒤덮고 있었다.

4장
광동계투

축시(오전 1시 30분부터 2시 30분까지) 경.

광주 성도 밖 인적이 닫지 않는 외딴 숲.

이곳에 오직 왕힐만 알고 있는 작은 공터가 존재한다.

그가 평소 무공을 수련하는 장소다.

연공실을 마련할 정도로 큰돈을 만지기 힘든 삼류 낭인이었으니 어쩔 수 없는 선택이다.

왕힐은 팔짱을 낀 채 날카로운 눈으로 육합검법 초식을 전개하고 있는 환신을 응시했다.

환신은 손에 유엽도를 들고 있었다. 왕힐이 선물해 준 물건이다.

육합검법을 구사하는데 유엽도라니?

별수 없다.

계투는 수천, 수만의 병력이 충돌하는 전쟁.

혼란한 전장에서 찌르기 위주의 검보다 베는 데 특화된 도가 훨씬 유용했다.

전장을 종횡하며 제대로 검을 쓰려면 적어도 일류고수는 돼야 한다.

환신 역시 99회차에 이르는 경험 덕분에 이 사실을 잘 알고 있었다.

왕힐이 양손으로 쓰는 박도가 아닌 가벼운 유엽도를 가져온 부분에서 그의 세심함에 감탄하기도 했다.

역시 왕버지라며 속으로 엄지를 치켜세웠지.

-슉! 슈슈슉! 슈슉!

본래 육합검법은 가로 베기, 세로 베기, 사선 베기, 찌르기의 여섯 방위를 아우르는 동작이 주가 된다.

이를 도로 전개하자 아무래도 형태가 변형될 수밖에 없었다.

여기서 기린지재가 다시금 발휘됐다.

왕힐에게 약간의 실전적인 조언을 받아 육합검법을 도법으로 개조해 버린 것이다.

그것도 기본공인 육합검법을 훌쩍 뛰어넘는 심오한 도법으로 말이다.

이조차 몇 번 연습하자 대성해 버렸다.

투로를 따라 날듯이 초식을 전개한다.

허리를 비틀고, 팔을 뻗고, 몸을 회전하는 동작 하나하나에 치명적인 살초가 숨어 있었다.

기본공에 불과하지만 무의 기본이 되는 모든 자세가 포함된 검공이 육합검법이다.

그 유용함은 왕힐이 지금까지 생존한 것으로 충분히 증명됐다.

"……응?"

왕힐의 눈이 가늘어졌다.

"떨어지는 나뭇잎을 베고 있군."

그랬다.

환신은 표홀하게 움직이며 나뭇잎을 베어나갔다.

"허!"

왕힐은 자기도 모르게 헛바람을 들이켰다.

무인의 본능으로 직감했다. 환신이 베는 나뭇잎이 뭔지.

"……확실해. 분명 신체의 치명적인 부위다."

육합도법의 초식을 따라 나뭇잎이 베어지는 위치에 사람이 있다고 가정해 보자.

하나같이 사혈은 물론이고 혈관이 지나가는 위치.

더욱 무서운 건 환신이 전개하는 투로에 한 줌 살기조차 없다는 것이다.

아직 일전도 치르지 못한 애송이가 살기는 무슨.

환신의 움직임에 담긴 건 기계적인 전투 논리가 전부였다.

자신의 동작이 어떤 결과를 불러일으킬지 알지 못한다.

이번 계투를 통해 그걸 깨달으면 저 아이의 앞날에 과연 무슨 일이 벌어질까?

육합도법을 펼치는 와중 환신은 감각이 극도로 고양됐다.

손가락 끝.

아니, 유엽도 칼날 끝까지 감각이 미친 듯이 뻗어 나갔다.

나뭇잎을 벨 때마다 마치 손톱으로 무언가를 쓱쓱 긁는 느낌이다.

기린지재의 또 다른 공능이었다.

'기분이…… 최고야!'

-우웅!

바로 그 순간.

태음지기로 꽉 막힌 칠대혈의 미세한 구멍을 뚫고 단전에서 한 줄기 공력이 피어올라 엄지와 검지의 소상혈, 상양혈을 타고 쭉 뻗어 나갔다.

동시에 인간의 근육이 낼 수 있는 한계를 돌파해 평범한 자는 결코 도달할 수 없는 속도로 유엽도가 허공을 쭉 그었다.

-파앙!

나뭇잎 수십 개가 한순간 가루가 돼버렸다.

왕힐은 헛바람을 들이켰다.

"……검경!"

무의 진정한 입문.

검경의 경지에 들어선 것이다.

무공을 익힌 지 불과 보름 만에 말이다.

누가 이 말을 믿어줄까.

자신 역시 직접 두 눈으로 목격하지 않았다면 헛소리로 치부했겠지.

환신의 천재성은 유구한 무림 역사 속에서도 전무후무한 수준이었다.

허나.

하늘은 역시 공평했다.

“끄아아아아악!”

육합도법 전개하다 말고 비명을 지르며 코부터 땅에 처박혔다.

그리고 전신을 비비 꼬기 시작했다.

왕힐은 한숨을 내쉬었다.

“역시 하늘은 천재에게 모든 걸 내려주지 않는 법이군. 어린 것이 어찌 저런 천형을 앓고 있을꼬.”

그는 서둘러 환신에게 다가갔다.

환신은 어느새 입에 두툼한 가죽띠를 물고 있었다.

고통을 견디기 위한 나름의 노하우였다.

“자, 여기 앉거라.”

왕힐은 환신을 부축해 공터에 있는 평평한 바위에 앉혔다.

환신은 가부좌를 틀고 운기조식에 돌입했다.

그러자 이변이 일어났다.

전신에서 엄청난 냉기가 방출되며 피부에 서리가 앉고 입으로 하얀 김을 내뿜기 시작했다.

환신 주변만 한겨울이다.

왕힐은 환신의 몸을 열심히 주물렀다.

운기요상법의 일종이다.

그렇게 운기조식에 방해되지 않는 선에 몸을 풀어주었다.

손가락이 한기 때문에 꽁꽁 얼었지만 개의치 않았다.

이걸로 눈앞의 어린 것이 조금이라도 편해지면 그걸로 족했다.

차 한 잔 마실 시간이 지났을까.

환신은 겨우 정신을 차렸다.

'……젠장. 태음지기가 공력과 융합하니 한기 때문에 추워 죽겠네. 뜨거운 아메리카노 마렵다.'

어쩔 수 없다.

운기조식을 해야 고통을 조금이라도 줄일 수 있으니 별 수 없지.

"괜찮으냐?"

"……예. 감사합니다."

왕힐은 고개를 끄덕이며 슬쩍 입가에 미소를 띠었다.

"축하한다."

"예?"

"경력을 전개했더구나."

"……아."

그렇다.

무아지경에 들었지만 어렴풋이 느꼈다.

손끝을 타고 흐른 진기.

그걸 외부로 방출해 유엽도에 주입했다.

검경에 입문했으니 삼류무사라 칭할 만했다.

가슴이 두근거렸다.

'……이제 필드에 나갈 수 있어!'

도산검림 모드에서 필드, 그러니까 성 밖에 나가려면 최소 조건이 검경 입문이었다.

신화급 특성인 기린지재가 아닌 일반급 특성이었으면 성에 짱박혀 게임 시간으로 최소 2년은 기본공 수련에 매진했을 텐데.

기린지재 덕분에 불과 보름 만에 검경의 경지에 도달할 수 있었다.

'이제 기연을 찾으러 가는 거야.'

계투가 끝나면 바로 떠나야지.

점찍어둔 기연이 있는 곳으로 말이다.

"돌아가자. 가서 휴식을 취해야 한다."

"예."

왕힐의 말대로 조금이라도 잠을 자둬야 했다.

오늘은 계투 당일이었으니까.

양주당춘으로 돌아와 3시간가량 숙면을 취하고 일어나 식사를 했다.

소면에 오향장육까지 곁들여 든든히 먹었다.

전장까지 행군해 그곳에서 치열한 격전을 치를 예정이니 당연했다.

식사를 마치고 절맥 발작의 고통을 겪은 후 추룡의 호출에 예의 공터로 향했다.

왕힐의 오를 필두로 낭인대 전원이 한 자리에 꾸역꾸역 모여든다.

그사이 인원은 더욱 불어나 족히 300명은 돼 보였다.

전력 보충을 위해 광주 낭시는 물론이고 인근 성의 낭인까지 박박 긁어모은 결과다.

왕힐의 오 역시 숫자가 배로 늘었다.

새로 생긴 오도 여럿이다.

추룡이 단상 위로 올라가 큰 목소리로 연설을 시작했다.

"고용주인 불산엽가에서 이번 계투 승리 시 승리 수당으로 선금의 세 배를 지급하겠다고 약조했다!"

"오!"

"세 배라니! 이리도 후할 수가!"

불산엽가로서는 낭인대가 제대로 활약해 주지 않으면 계투에서 질 수밖에 없으니 당연한 투자였다.

승리하면 객가 무리를 노비로 삼아 투자금을 상당 부분 회수할 테니 지금은 지를 때다.

"계투에서 살아남기만 하면 무려 세 배에 달하는 은원보를 벌고 떵떵거릴 수 있다! 무조건 승리하자! 나를 믿지 마라! 네놈들의 칼을 믿어라! 흘린 피의 대가로 손에 쥘 은을 믿어라! 가자! 형제들이여!"

"와아아아아아아!"

급격히 치솟는 사기.

환호하는 낭인들과 달리 환신의 눈동자는 싸늘하게 가라앉았다.

그럴 수밖에.

추룡의 말 뒤에 숨어 있는 진실을 알고 있었으니까.

'……게임 진행할 때 돈 되는 대로 낭인 데려다 써먹었지.'

'제천'에선 중반 이후 집단전이 수시로 벌어진다.

아군 핵심 전력은 상대적으로 고강한 무공을 지녔지만 숫자가 한정돼 있어 충원이 어렵다.

당연히 희생을 줄이기 위해 낭인을 고기 방패로 가져다 썼다.

전투가 끝날 때마다 낭인 평균 생존률이 채 4할을 넘지 못했다.

간단히 공터에 있는 300명의 낭인 중 180명은 살아 돌아오지 못한다는 계산이 나온다.

환신이 무림출도 낭인을 선택하지 않은 이유 중 하나였다.

또 '제천'에서 뛰어난 지휘력을 지닌 캐릭터가 각광받는 이유기도 했다.

"자, 가자!"

"오오오오!"

광동삼살의 선도로 낭인대는 불산을 향해 행군을 시작했다.

광주 성도를 나와 관도를 따라 행군한 낭인대가 도착한 곳은 불산 북쪽에 자리 잡은 북강.

강을 따라 걷자 거대한 다리가 모습을 드러냈다.

수십 년 전 광동에 대기근이 들었을 때 불산엽가의 전대 가주인 엽현이 백성들이 굶주리는 걸 차마 볼 수 없어 북강에 석재 다리를 놓는 역사를 일으켰다.

덕분에 광동 백성들은 대기근 속에서도 어찌어찌 입에 풀칠해 가며 살아남을 수 있었다.

이후 석재 다리는 엽현의 이름을 따 북현교라 불렸다.

이 북현교가 불산엽가의 운명을 놓고 벌이는 광동계투의 전장이라니.

실로 운명적이다.

“와…….”

북현교에 도착하자 환신은 자기도 모르게 입을 쩍 벌렸다.

북강과 북현교를 중심으로 양측 군대가 집결했다.

헌데 숫자가 실로 어마어마하다.

수천 단위가 아니다.

불산엽가는 이번 계투에 무려 3만에 달하는 소작농을 동원했고 이재민 객가 측은 4만이 몰려왔다.

양측 병력 모두 대나무를 깎아 만든 죽창을 들고 있었다.

죽창을 몸에 찔러 넣는 것만으로도 인간은 터진 포대 자루마냥 피를 흘리고 목숨을 잃는다.

훌륭한 살인 병기다.

헌데 수만에 달하는 병력이 죽창을 들고 격돌한다?

대규모 전쟁이 따로 없었다.

“……이런 미친.”

왜 ‘낭인’ 플레이어들이 광동계투 하면 이를 가는지 단박에 알 수 있었다.

저 미친 전장에서 작은 실수 하나로 수만 병력의 군홧발에 사정없이 짓이겨져 고깃덩어리로 전락할 테니까.

자기도 모르게 침을 꿀꺽 삼켰다.

화면을 통해 보는 군대와 현실의 대군은 전혀 다른 차원의 이야기였다.

양측 모두 '땅'이라는 삶의 터전이 걸려 있기 때문일까?

살기등등하다.

어마어마한 군기가 하늘을 찔렀다.

등골 사이로 파르르 전율이 스치고 지나간다.

'저 난리바가지 속에 몸을 던지라고?'

살고 싶다.

도망가고 싶다.

하지만…… 그럴 수 없었다.

환신은 이를 악물었다.

'광동계투는 시작에 불과해.'

앞으로 벌어질 투쟁의 길.

극한까지 무공을 수련한 초인들이 벌이는 대전쟁.

그 장엄한 대서사시 속에서 살아남으려면 결단코 이 자리에서 물러나선 안 됐다.

고작 소작농과 이재민이 죽창 들고 드잡이질하는 전장조차 버티지 못한다면 얘기가 안 되지.

'절대 그럴 수 없어!'

업적도 100%!

무림일통을 이루고 반드시 이 야만의 세계를 탈출하겠다!

그렇게 양측이 대치하고 있을 무렵.

불산엽가 가주 엽무가 금색 갑주와 화려한 투구를 쓴 채 백마를 타고 모습을 드러냈다.

그의 주변을 마상용 창을 든 불산엽가 기병이 철통같이 호위하고 있었다.

양측 군대를 쓸어본 그는 말고삐를 당겨 북현교 쪽으로 향했다.

북현교 너머에 철선을 든 청수한 인상의 사내, 철심수사 문인계가 모습을 드러냈다.

그는 뒷짐을 진 채 느긋하게 걸어왔다.

엽무는 그 모습에 분통이 터졌다.

'가문의 터전을 침범한 침략자 주제에 어찌 그리 여유롭단 말이냐!'

용서할 수 없다.

저자를 산산이 토막 내 젓갈을 담가 매년 돌아오는 중추절마다 가묘에 제를 올린 후 자근자근 씹어 먹으리라.

북현교를 가운데 두고 서로를 노려보는 엽무와 철심수사.

한참을 쏘아보는데 엽무가 먼저 입을 열었다.

"철심수사! 어찌하여 이재민을 몰고 와 평화로운 불산땅을 이리 짓밟는 것이냐!"

"허허, 엽 가주께서 어찌 그런 말씀을 하는지 모르겠구려."

능청스러운 언변에 엽무는 이마에 핏대를 세우며 외쳤다.

"장강에서 이곳 불산까지 물경 수천 리! 이 먼 거리를 이재민을 끌고 와 토루를 세우고 땅을 내놓으라 윽박지르다니! 명백히 다른 속셈이 있으렷다!"

"이런. 단단히 오해하고 계시구려. 나 철심수사 문인계와 강좌사우 의형제, 뜻을 함께하는 강좌무인들은 오직 이재민들의 평화로운 정착을 위해 이 한 몸 바치기로 맹세했소. 우리 강좌 형제들의 단심(丹心)을 어찌 이리도 능멸할 수 있단 말이오."

능구렁이 같은 철심수사의 태도에 엽무는 지휘봉을 마구 휘두르며 소리 질렀다.

"거짓이다! 믿지 못한다! 아무리 객가라도 이리 무도하게 계투를 조장하지 않는다! 너희 무리가 무슨 꿍꿍이속이 있지 않고서야 이럴 순 없다!"

"초패왕 항우가 이르길 비상한 시국엔 비상한 수단을 써야 한다 하였소. 수개월간의 폭우로 장강이 불어 수백 개의 마을이 수몰되고 수백만이 이재민이 되어 천하를 떠돌고 있소이다. 그중 일부를 수습해 겨우 불산까지 오게 되었소. 이를 긍휼히 여기지 않고 어찌 협(俠)을 논한단 말이오. 지금이라도 늦지 않았소. 엽 가주야말로 이번 계투로 한 줌 고혼이 될 생령들을 가엾게 여겨 부디 대의에 동참하시구려."

조금의 빈틈도 없는 완벽한 명분.

다시금 깨달았다.

이놈들은 정말 작정하고 불산에 쳐들어왔다고.

선조들의 가르침과 평생 쌓은 지혜로 이미 알고 있었다.

주둥이 밖으로 정의와 공정, 연민을 내뱉는 자 따위, 결코 믿어선 안 된다고.

이런 자들이야말로 올바름을 빌미로 타인을 호구 잡아 무의식 밑바닥까지 노예근성을 심어놓는 악질 중의 악질이다.

'……더 이상 떠들어봐야 입만 아플 뿐이군.'

엽무는 말고삐를 당겨 빙글 돌았다.

그리고 소작농 앞으로 가 지휘봉을 들어 올리며 크게 소리쳤다.

"우리의 터전인 이곳 불산에 쳐들어와 땅을 내놓으라며 떼쓰는 저 이재민 무리를 보라! 저들이 노리는 건 너희가 소작하는 땅이다! 계투에서 패한다면 부쳐 먹을 땅을 빼앗기고 하루아침에 비렁뱅이가 되어 식솔과 함께 평생 중원 천하를 떠돌게 되리라!"

한 치의 거짓도 없는 진실에 소작농들의 눈에서 불똥이 튀었다.

"목숨을 아끼지 말라! 전장에서 장렬히 산화하라! 너희가 전사하면 장남이 소작권을 상속받으리라! 식솔이 굶지 않으리라! 대대로 불산 땅을 지켜온 불산엽가를 믿겠는가,

뜨내기 외지인을 믿겠는가!"

"불산엽가를 믿습니다!"

"전대 가주이신 엽현 대인께서 북현교를 만들지 않았다면 대기근 때 우리 모두 굶어 죽었을 겁니다!"

"잊지 말라! 불산엽가는 결코 신의를 저버리지 않는다!"

"와아아아아아!"

소작농들의 사기가 미친 듯이 치솟았다.

엽무는 만족스러운 듯 고개를 끄덕이고 힐끔 객가 무리 쪽으로 시선을 던졌다.

철심수사 역시 이재민 객가를 향해 일장연설을 늘어놓았다.

"유례없는 대홍수로 장강 일대가 온통 범람해 하루아침에 고향을 잃고 이곳 광동 땅까지 흘러온 이재민들이여! 함께 먹고살자는 간곡한 읍소에도 불구하고 불산엽가는 이를 매정히 거절했으니 어쩌겠는가! 생존을 위해 폭력에 의지할 수밖에! 또다시 이웃끼리 자식을 교환해 잡아먹는 잔혹함을 겪어야 하는가? 그럴 수 없다! 이재민들이여! 목숨 걸고 싸워 땅을 쟁취하라!"

"와아아아아아!"

객가 장정들이 하늘을 향해 죽창을 찌르며 함성을 질렀다.

폐부에서 솟구치는 통렬한 외침에 몇몇은 회한에 젖어 피눈물을 흘렸다.

이미 자식을 이웃과 교환한 자들이겠지.

식솔이 다 같이 굶어 죽지 않기 위해서라지만…… 어찌 아무렇지 않겠는가.

땅.

토지…….

그 애증의 이름이여!

땅을 빼앗으려는 자.

땅을 지키려는 자.

누구 하나 절박하지 않은 자가 없었다.

최악의 순간 인간은 내재된 폭력성을 발현한다.

지금이 바로 그때였다.

소작농과 이재민.

양측 모두 서로를 살해할 준비를 완벽히 끝마쳤다.

환신은 전장을 뒤덮는 지독한 살의에 전율했다.

'이게…… 소작농과 이재민이라고?'

숨 막힌다.

무서웠다.

그럼에도 전장에서 칼을 휘두를 수밖에 없다.

살아남기 위해.

엽무가 지휘봉을 아래로 빠르게 휘두르며 소리쳤다.

"개전(開戰)!"

"와아아아아아!"

광동계투가 시작됐다.

"하아! 가자!"

엽무의 개전 선언과 함께 대공자 엽중강이 기합성과 함께 앞으로 내달렸다.

그 뒤를 무당파 속가제자로 이루어진 무당검수 20인, 낭인대 중에서 그래도 제법 무공을 익혔다 자부하는 삼류무사 100여 명이 광동삼살을 선두로 일제히 북현교를 향해 뛰었다.

저 북현교야말로 이번 계투에서 승리하기 위해 반드시 차지해야 할 요충지.

북현교를 점령하기 위해 불산엽가는 최정예를 동원했다.

이재민 객가 역시 마찬가지였다.

"모두 이 몸을 따르라!"

"존명!"

긴 수염을 휘날리는 붉은 얼굴의 사내.

군산대도 관충은 무게가 무려 80근(약 45㎏)에 이르는 대도를 어깨에 짊어진 채 미끄러지듯 북현교 쪽으로 신법을 전개했다.

70여 명의 강좌무인이 뒤를 바짝 쫓았다.

군산대도의 단전에서 피어오른 공력이 대도를 휘감는다.

동시에 칼날을 따라 푸른 청룡이 모습을 드러냈다.

청룡대도 도신 위로 쭈욱 뽑히는 푸른 검기.

사방으로 뿌려지는 군산대도의 굴강한 기파에 피부가 찌릿찌릿했다.

엽중강이 이를 악물고 소리쳤다.

"계획대로 간다!"

"예!"

그가 속도를 높이자 무당검수 여섯이 뒤를 쫓았다.

엽중강과 무당검수가 군산대도와 격돌하려는 순간!

"사형제들이여! 검진을 전개하라!"

"개진(開陣)!"

외침이 끝나기 무섭게 무당검수 모두 기민하게 움직였다.

북두칠성의 방위에 따라 무당칠성검진을 짠 후 군산대도에게 달려들었다.

"……아닛!"

강좌무인이 군산대도와 합류하기 위해 몸을 던졌다.

"어딜 가느냐!"

그런 강좌무인에게 남은 무당검수와 낭인대가 달라붙었다.

-챙! 채채채채챙! 쾅!

"하아앗!"

군산대도가 성명 절기인 파산도법(破山刀法)상의 초식을 전개했다.

막대한 공력이 담긴 청룡대도를 대지를 가를 기세로 휘

둘렀다.

-후와아아앙! 팡!

검기가 품은 경력(勁力)!

단순히 유형화된 기의 덩어리가 아니다.

그 자체로 오묘하기 짝이 없는 내가공부로서 스치기만 해도 경력이 신체 내부로 침투해 내가중수법의 효과를 발휘한다.

상쇄할 진기와 내가기공을 보유하지 못했다면 내장이 터져 버리겠지.

검기상인의 경지에 오른 절정고수가 무서운 이유였다.

허나.

하수가 고수를 상대할 방법이 아주 없는 건 아니다.

청룡대도를 향해 무당검수 삼 인이 마주 검을 찔러 넣었다.

속가제자에게 제공되는 양의신공을 익힌 무당검수들은 무당칠성검진의 묘리로 진기를 주고받을 수 있다.

여기에 양의신공과 짝을 이루는 양의검법을 펼치자 그 위력이 배가 됐다.

절정 초입인 군산대도의 검기를 거뜬히 막아낼 정도였던 것이다.

"크윽! 어헝!"

사자후를 터뜨리며 다시 청룡대도를 휘두르는 군산대도

관충.

하지만 이미 검진에 발목 잡힌 건 분명해 보였다.

강좌무인들은 실력이 떨어지는 낭인대를 상대하면서도 중간중간 날카롭게 파고드는 무당파 속가제자들의 공격에 화들짝 놀라 기막을 뿌리며 이를 막아냈다.

"끄아아아악!"

한 낭인의 팔이 강좌무인의 칼에 베어졌다.

-후두두둑!

사방으로 뿌려지는 피.

또 다른 강좌무인이 휘두르는 검에 낭인의 목이 날아갔다.

바닥을 데굴데굴 구르는 수급.

강좌무인 역시 무사하지 못했다.

무당검수가 번개처럼 양의검법상의 신묘한 초식을 전개해 가슴을 쫙 갈라 버렸다.

"크으윽!"

방금 전 목이 날아간 낭인과 같은 오의 낭인들이 분노해 벌떼처럼 달려들었다.

"죽어! 죽어어엇!"

순식간에 강좌무인의 육체가 낭인들의 병기에 난도질당해 육편이 됐다.

북현교가 피로 물든다.

잘 다듬어진 석재 위를 인간의 몸에서 흘러나온 기름이

둥둥 떠다녔다.

바닥에 떨어진 수급과 팔, 다리에서 피가 펑펑 쏟아진다.

잔혹한 전장의 자화상이다.

북현교 위에서 피로 피를 씻는 난투가 벌어지는 와중 철심수사는 망루 위에서 냉정한 눈빛으로 이를 지켜봤다.

그가 겪어온 쟁투강호에서 이 정도 참상은 흔한 일이었다.

얼마나 많은 사선을 넘어왔던가.

수백의 인명이 죽어 나자빠져도 눈 하나 깜짝하지 않는다.

그래서 철심(鐵心)이다.

"대형."

천면호리 마개위의 말에 철심수사는 무심히 고개를 끄덕였다.

그러자 천면호리는 포권과 함께 곧장 망루 아래로 몸을 던졌다.

10장(33m) 높이의 망루에서 뛰어내렸으니 범인이라면 죽음을 면치 못하겠지.

허나 강좌사우 중 가장 뛰어난 보신경(步身輕)의 소유자인 천면호리는 경신술을 전개해 몸을 가볍게 한 후 신법을 펼쳐 깃털처럼 가볍게 땅에 내려섰다.

망루 아래로 내려온 천면호리는 손가락을 입에 대고 내공을 실어 길게 휘파람을 불었다.

-삐이이이이익!

4만 객가 장정을 지휘하는 강좌무인들이 이에 반응했다.

"마 대협의 명이 떨어졌다! 준비한 걸 꺼내라!"

"와아아아아!"

함성과 함께 다시 한번 전장이 요동쳤다.

강변에 서서 북현교의 참상을 생생히 지켜본 환신의 입술이 부들부들 떨렸다.

거대한 석재 다리가 피바다가 되고 팔과 다리, 심지어 사람의 머리까지 잘려 나가 바닥을 뒹구는 광경.

보름 전까지 방구석 게이머였던 환신이 감당하기엔 너무 잔혹한 장면이었다.

"우욱……."

한참 먼 거리임에도 불구하고 바람을 타고 날아와 코끝에 파고드는 역한 피 냄새에 위에서 신물이 넘어온다.

전투를 코앞에 두고 꼴사납게 먹은 걸 토해내지 않을 수 있었던 건 태음칠절맥의 공능인 천재적인 지능.

그리고…….

누군가 어깨를 잡자 그쪽으로 고개를 돌렸다.

왕힐이다.

그는 다 이해한다는 눈빛으로 말했다.

"낭인의 길에 접어들었으니 피에 익숙해져야 한다. 타인의 피보다 자신의 피를 아끼거라."

왕힐은 강 건너 객가 장정들을 응시하며 말을 이었다.

"신아. 명심하거라. 낭인은 실로 이기적이어야 하며 자신의 생명과 이익, 그리고 전우를 그 무엇보다 중시해야 한다."

그야말로 폐부를 찌르는, 금과옥조 같은 말이 아닐 수 없었다.

자기도 모르게 가슴이 벅차올라 힘껏 외쳤다.

"……예! 명심하겠습니다!"

왕힐은 인자하게 웃으며 고개를 끄덕였다.

"좋구나. 흐음, 시작됐다."

환신은 왕힐이 보는 곳으로 시선을 던졌다.

객가 장정들이 뭔가를 들고 나왔다.

그걸 보고 눈을 크게 떴다.

갈대를 엮어 만든 뗏목이었다.

그런 뗏목이 물경 수천 개.

한 척에 십여 명은 탈 수 있을 정도의 크기다.

어설픈 뗏목이지만 도강하는 데 지장 없어 보였다.

소작농들의 지휘를 맡은 불산엽가 무인들이 크게 소리쳤다.

"적들이 몰려온다! 모두 죽창을 들어라!"

"와아아아아!"

천면호리의 한 수로 광동계투는 새로운 국면에 접어들

었다.
“강에 뗏목을 띄워!”
“예!”
객가 장정들은 강좌무인의 명에 따라 북강에 뗏목을 던졌다.
강좌무인이 신법을 전개해 뗏목 위로 훌쩍 뛰어올랐다.
남경과 소주, 항주 등지에서 주로 활동하는 강좌무인은 큰 대선부터 작은 소선까지 수상에서 전투를 치를 일이 잦았다.
북강 따위.
장강의 협류에 비하면 동네 개천이나 마찬가지.
그들은 능수능란하게 객가 장정을 지휘해 뗏목에 태웠다.
천면호리 마개위는 한순간도 놓치지 않고 그 광경을 모두 지켜봤다.
천여 척의 뗏목을 타고 만 명이 훌쩍 넘는 인원이 도강을 시도하자 장관이 따로 없었다.
천면호리는 만족스러운 얼굴로 고개를 끄덕였다.
“조련대로 잘 따라와 주는군. 절박함이야말로 무지렁이를 다루는 가장 좋은 수단이렷다.”
냉혹하기 짝이 없는 말이지만 천면호리는 그럴 만했다.
그는 과거 뛰어난 보신경과 역용술로 강좌를 주름잡던 신투(神偸)였다.

천면호리를 개심시켜 협객으로 만든 이가 바로 철심수사다.

강좌사우와 의형제를 맺은 후 천면호리는 각종 책략과 군략에 흥미를 가지고 공부를 시작했는데 마침 이쪽에 재능이 있었다.

작금에 이르러 수만 명이 격돌하는 대규모 전장을 손금 보듯 하는 상급 책사로 거듭났다.

지독한 심계의 소유자인 천면호리야말로 강좌사우 의형제 중 가장 무서운 인물이었다.

천면호리가 손가락을 입에 물고 길게 휘파람을 불었다.

-삐이이이익!

객가 장정들은 서로 방해받지 않도록 일사불란하게 움직였다.

다시 한번 휘파람을 불자 객가 장정들이 이룬 진세가 쫙 갈라졌다.

그곳에 다른 이들보다 머리 하나는 더 큰, 육중한 체구의 장정들이 모습을 드러냈다.

천면호리가 한 명 한 명 가려 뽑은 정예 객가였다.

하나같이 손에 시퍼렇게 날이 선 박도를 들고 있었다.

구릉 위에서 전장을 조망하던 엽무는 그 광경을 보고 경악했다.

"아니! 객가 따위가 무슨 은이 있어 저런 병기를?!"

언뜻 보기에도 좋은 쇠를 두드려 만든 양품 박도였다.

이런 양품 박도를 든 정예 객가 숫자가 무려 삼천.

많은 수는 아니지만 어찌 쓰느냐에 따라 전쟁의 향방을 가를 정예 병력이다.

천면호리는 도강이 이번 계투의 분수령이 될 거라 판단하고 빠르게 승부수를 띄웠다.

천면호리는 계투를 앞두고 전직 신투 경력을 십분 발휘해 신출귀몰한 보신경과 역용술로 불산엽가 진영을 제집처럼 드나들었다.

그 결과 상대측이 정예 객가를 막을 전력을 준비하지 않았음을 확인하고 군략을 수립했다.

"……이럴 줄 알았으면 소작농에게 제대로 된 무기를 지급할 것을!"

뒤늦은 후회.

하지만 어쩔 수 없었다.

토호 입장에서 소작농이 제대로 된 무기를 가지는 건 위험했다.

아니, 만지는 것조차 꺼림칙하다.

무기를 지급했다 회수해도 그렇다.

한번 무기를 휘둘러 피 맛을 본 소작농이 훗날 봉기를 일으킬지 누가 안단 말인가.

한 가지 더.

불산엽가 입장에서 함부로 창과 같은 진짜 전쟁 병기를 동원하기 조심스러웠다.

관부에서 눈을 시퍼렇게 뜨고 이번 계투의 경과를 지켜보고 있을 테니 당연한 일.

그래서 동원한 무기가 고작 죽창이다.

이것도 소작농이 자체적으로 마련했다.

허나 강자사우가 이끄는 객가 무리는 그런 선 따위 지키지 않았다.

뒤가 없기 때문이다.

이재민 객가에겐 당장의 승리가 향후 관부의 싸늘한 눈초리보다 월등히 중요했다.

그 광경을 보고 왕힐이 침음성을 터뜨렸다.

"끄으응. 철심수사가 강좌의 상인은 물론이고 전장(錢場)과도 인맥이 두텁다는 소문이 있더니. 이 정도 자금을 동원할 줄이야. 이제 보니 철심수사는 영웅이 아니라 효웅이었구나."

왕힐은 환신을 보며 나직이 말했다.

"신아. 전장의 흉험함이 예사롭지 않으니 주의하거라."

환신은 침을 꿀꺽 삼키며 고개를 끄덕였다.

갈대 뗏목을 타고 도강하는 객가 무리가 북강을 새카맣게 메웠다.

그 모습이 나무를 타고 오르는 불개미 떼를 연상시켰다.

여기에 천면호리의 뛰어난 지휘에 힘입은 유기적인 움직임이 더해지자 더욱 위협적으로 다가왔다.

그들이 목표로 한 곳은 북강 중간에 위치한 습지였다.

객가 무리가 습지를 점령하자 엽무는 이마를 쳤다.

"아뿔사! 어찌 저 습지에 교두보를 마련할 생각을 하지 못했을까!"

그 광경을 본 왕힐이 고개를 절레절레 저었다.

"습지에 진채를 세웠으면 방어에 훨씬 유리했겠지. 아군 형세가 불안한 데는 대국을 꿰뚫어 볼 책사의 부재가 크다."

환신 역시 이에 동의했다.

실제로 '제천' 초중반부터 천하의 패권을 놓고 제천팔패(制天八覇)라 불리는 대세력 간의 내전이 본격화된다.

'세력전이 벌어지기 전에 신룡팔준 같은 특급 책사를 밑에 둬야 난이도가 확 떨어진다고. 기회 되면 신룡팔준 중 한 명을 꼭 영입해야지.'

물론 이 미친 계투에서 살아남는 게 우선이다.

'……그나저나 낭인 게시판에 천면호리 욕 장난 없더니 다 이유가 있었구만. 병력 운용 능력 미쳤네. 무슨 군더더기가 하나도 없어! 젠장, 몰라! 죽어라 싸우다 보면 어떻게든 살아남겠지!'

습지에 교두보를 확보하자 양품 박도를 든 정예 객가가 하나둘 모였다.

일정 숫자가 집결하고 다시 도강이 시작됐다.

공교롭게도 정예 객가의 도강 위치가 환신이 버티고 있는 진채 쪽이었다.

'……이런 빌어먹을! 설마 도산검림 모드 때문인 거야?'

아무래도 맞는 거 같다.

자신을 노리는 세계의 악의가 느껴진다.

이가 갈렸지만 별수 없지.

살아남는 게 우선이니까.

불산엽가 무인이 소리쳤다.

"낭인대는 소작농을 지휘해 객가 무리가 뭍으로 올라오지 못하게 하라! 특히 돌출 지형은 반드시 사수해야 한다! 저길 빼앗기면 방어에 수월한 지형지물을 이용해 도강의 교두보로 쓸 게 분명해!"

왕힐은 고개를 끄덕이고 오원들과 함께 돌출 지형을 향해 뛰었다.

환신 역시 왕힐에게 착 달라붙어 열심히 달렸다.

돌출 지형에 도착해 숨을 골랐다.

보름 동안 성벽을 따라 달리며 열심히 체력을 길렀지만 아직 한참 모자라다.

왕힐과 고참 낭인들이 고래고래 소리 지르며 소작농의 대오를 다듬는 사이 강 쪽으로 시선을 던졌다.

너무 많은 숫자에 현실감 없던 객가 장정들의 흰자위까

지 선명히 보인다.

'언제 저렇게 접근했지?'

핏발 선 정예 객가의 살기 어린 눈빛.

심장이 얼어붙는 것 같다.

'……어째서 날 저렇게 보는 거야.'

자신은 아무 잘못 없는데.

그저 권력자, 선동가에게 놀아나 이리 서로 싸우게 된 것뿐.

갈대 뗏목이 강변에 도착하자 정예 객가 모두 뗏목에서 뛰어내렸다.

"죽어어어!"

박도를 든 정예 객가가 곧장 환신에게 달려들었다.

뒤늦게 정신을 차렸지만 이미 늦었다.

머리통을 노리고 날아드는 박도가 어느새 이마를 쪼개기 직전이다.

'……어?'

-카앙!

환신의 생명을 구한 건 역시나 왕힐이었다.

"신아! 정신 차리거라!"

"예, 예에!"

왕힐이 도를 휘두르자 시퍼런 경력이 뿌려지며 정예 객가의 다리가 단숨에 잘렸다.

-콰아악!

-후드득!

얼굴에 피가 튄다.

입속으로 흘러들어오는 피.

비리고…… 짰다.

"신아. 마무리하거라."

"……."

"어서!"

지금까지와 전혀 다른, 눈을 부릅뜨고 사납게 외치는 왕힐의 모습이 낯설기 짝이 없다.

환신은 입술을 꽉 깨물었다.

알고 있다.

그는 강요하고 있었다.

자신의 생존을 말이다.

살길 바랐다.

어쩌면 환신 자신보다 더.

그 마음을…… 무슨 수로 밀어낼 수 있을까!

"으아아아아!"

-콰아악!

환신의 유엽도가 정예 객가의 가슴을 스치고 지나갔다.

"커흑."

단숨에 절명해 비참한 모습으로 땅에 얼굴을 처박는 정

예 객가.

손에 느껴지는 더러운 감각에 치가 떨린다.

"잘했다, 신아."

"……예."

왕힐이 있어서 다행이다.

그가 아니었으면…… 이미 죽었겠지.

아무것도 못 해보고 비참하게 말이다.

"이제 겨우 시작일 뿐이다. 온다!"

갈대 뗏목에서 신법을 펼쳐 허공으로 솟구친 사내가 강변에 사뿐 내려앉았다.

강좌무인이다.

그는 낭인대 쪽을 보고 살벌하게 웃었다.

강좌무인이 가볍게 손짓하자 정예 객가들이 함성을 터뜨렸다.

"와아아아아아!"

박도를 든 정예 객가와 소작농이 격돌한다.

그 사이로 강좌무인이 보법을 전개해 앞으로 질주했다.

그가 노리는 건 바로 낭인대.

강좌무인이 왕힐의 오 사이로 난입해 검을 휘둘렀다.

현란한 검초에 오원 중 한 명의 팔이 순식간에 잘려 나갔다.

"끄아악!"

그 사이를 밀고 들어오는 정예 객가.

득달같이 박도를 휘둘렀다.

-서걱! 서걱!

순식간에 온몸이 난자돼 고깃덩이로 전락한 낭인.

강좌무인의 역할이 바로 이것이다.

정예 객가를 상대로 우위를 점한 낭인을 적당히 상처 입힌 후 뒤로 빠져 마무리시키는 것.

강좌무인이 다시 검초를 뿌렸다.

-채채챙! 채챙! 카캉!

대부분 삼류무인, 혹은 무공 문외한으로 이루어진 낭인대와 달리 강좌무인은 이류고수.

살벌한 기파와 함께 경력을 뿌리자 낭인들의 병기가 속절없이 깨져 버렸다.

"크윽!"

"버텨!"

"하, 하지만 팔이……."

무기가 부서진 건 물론이고 강좌무인의 진기가 기혈에 침투해 몸이 벌벌 떨렸다.

숨이 잘 안 쉬어지고 구토가 났다.

내상을 입은 것이다.

검기 수준은 아니지만 검경 역시 충분히 신체 내부를 파괴할 수 있다.

달리 무림에서 고수가 하수를 학살하는 게 아니다.

그 와중에도 왕힐은 침착하게 자신의 오를 지휘했다.

"막길! 저자의 오른쪽을 위협하게! 곽삼! 하체를 노려! 나머지는 사방을 포위해 빈틈을 찌른다!"

"예!"

오장이 침착하니 오원들 역시 안정을 되찾았다.

여기서 그치지 않고 소작농을 지휘해 정예 객가를 상대로 선전을 펼쳤다.

"죽창의 길이를 이용해! 숲을 만들어! 접근을 허용치 마라!"

소작농은 왕힐의 말대로 몸을 딱 붙이고 죽창에 붙은 가지로 대나무숲을 형성해 정예 객가를 밀어냈다.

효과가 있었다.

하지만 모든 소작농이 왕힐의 지휘를 따른 것은 아니었다.

평생을 땅만 파먹던 소작농이 전쟁을 알면 얼마나 알겠는가.

반면에 이재민 객가는 일 년간 천하를 주유하며 죽을 고생을 한 자들.

독기로 똘똘 뭉쳐 있었다.

그런 객가들 중 양품 박도를 받은 정예 객가다.

소작농이 당해낼 자들이 아니었다.

그나마 지형의 유리함과 숫자에 기대 싸움이 성립된 것뿐.

환신은 왕힐의 지시에 따라 강좌무인과 유엽도를 맞부딪혔다.

-까앙!

“끄윽!”

손바닥이 찢어질 거 같다.

아니, 이미 찢어졌는지 손잡이가 눅눅하다.

뼛속까지 찌릿하자 급히 내공을 운용했다.

삼재기공을 운기해 손에 파고든 강좌무인의 경력을 빠르게 상쇄시켰다.

몇 차례 더 무기를 부딪치는데 문득 이상한 감각에 사로잡혔다.

상대의 움직임이 손바닥 보듯 보이는 것이다.

아니.

그 정도가 아니다.

강좌무인의 공력 운용 흐름까지 완전히 꿰뚫어 볼 수 있었다.

기린지재 기린안 발동이다.

순간.

빛으로 이루어진 어떤 길이 보였다.

‘저 틈으로 칼을 이렇게 뻗으면…….’

홀린 듯 육합도법상의 가장 적절한 초식을 조합해 즉석에서 투로를 만들어 휘둘렀다.

"흐앗!"

-좌아악!

"크으윽!"

강좌무인이 옆구리를 부여잡았다.

'……얕아!'

완벽히 벤 게 아니다.

무인의 날카로운 감각으로 몸을 옆으로 뺐으니까.

허나 이곳은 전장.

작은 상처 하나로도 한순간 죽음에 이를 수 있었다.

"지금이다!"

왕힐의 외침에 낭인들이 필사적으로 달려들어 강좌무인의 몸에 무기를 꽂아 넣었다.

"크어억!"

동시에 사방에서 소작농의 죽창이 날아와 강좌무인을 쑤셨다.

"죽어! 죽어! 죽어어어엇!"

피가 주는 마력에 취해 미친 듯이 죽창을 찌른다.

온몸에 구멍이 뚫리고 피가 샘물처럼 펑펑 흘러나왔다.

갈기갈기 찢겨 걸레짝이 돼버렸다.

그럼에도 멈추지 않는다.

광기다.

이성을 잃고 폭력에 의지한다.

무엇이 그리도 억울했기에 인간을 고깃덩이로 만드는가.

소작농들은 짐승처럼 울부짖으며 '인간이었던 것'을 짓이겼다.

피의 굴레는 벼락처럼 날아들었다.

"이 버러지들이 감히!"

전우의 죽음에 강좌무인과 정예 객가 모두 분노해 달려들었다.

강좌무인이 소작농 사이로 뛰어들어 사방으로 도초를 뿌렸다.

경력을 가득 머금은 도가 크게 원을 그리자 칼날이 스치고 지나간 자리를 따라 소작농의 육체가 말 그대로 폭발했다.

무림고수의 강력한 경력을 소작농의 여리디여린 육체가 감당할 리 만무하지.

-퍼퍼퍼퍽!

칼날이 스치고 지나간 자리를 따라 살점이 부풀어 터졌다.

멀쩡한 인간 십수 명이 터져 나가는 무시무시한 참극이 펼쳐진다.

"으아아악! 괴물!"

소작농들 사이로 공포가 전염되자 순식간에 대열이 무너졌다.

뒤이어 정예 객가들이 진세가 헤집어진 소작농에게 달라붙어 머리통에 박도를 꽂아 넣었다.

어떤 자는 소작농의 사지를 잘라냈다.

고운 모래로 반짝이던 북강 강변이 피로 물든다.

강좌무인도 강좌무인이지만 정예 객가의 칼 쓰는 솜씨 역시 예사롭지 않았다.

계투 전 나름 도법 조련을 받았는지 양품 박도를 든 정예 객가의 실력은 소작농 따위가 감당할 수준이 아니다.

본래 낭인대가 이를 견제해 줘야 했지만 미친 듯이 날뛰는 강좌무인 상대만으로도 벅찼다.

강좌무인 하나를 죽였지만 또 다른 강좌무인이 달려들자 왕힐의 오는 다시금 위기에 처했다.

"친우의 원한을 갚겠다!"

강좌무인의 눈에서 불똥이 튀었다.

조금의 방심도 없이 낭인대를 몰아붙인다.

강좌무인의 공세에 연신 뒤로 밀리는 왕힐.

재빠르게 육합검법상의 보법을 밟았지만 상대는 그보다 고수.

빠져나가지 못하게 초식으로 그물망을 쳤다.

"으윽!"

결국 버티지 못하고 바닥을 굴렀다.

나려타곤(懶驢打滾)이다.

무림의 생사결은 입식 위주 공방이 대다수기 때문에 나려타곤같이 땅을 뒹구는 행위를 극도로 혐오한다.

허나 낭인의 세계에선 아니었다.

살아남는 자가 곧 정의다.

왕힐은 손으로 바닥을 훑어 모래를 쥐고 곧장 강좌무인의 얼굴에 뿌렸다.

"악!"

얼굴을 부여잡자 왕힐이 소리쳤다.

"신아! 놈을 베라!"

그 말이 끝나기 무섭게 환신은 무아지경으로 유엽도를 휘둘렀다.

-캉!

강좌무인은 필사적으로 검을 앞으로 찔러 환신의 공격을 튕겨냈다.

그 순간.

육체가 저절로 바로 이 순간 가장 적절한 육합도법상의 초식에 맞춰 몸을 한 바퀴 돌며 횡으로 유엽도를 그었다.

-서걱!

부드러운 진흙 안에 있는 나무젓가락을 벤 느낌.

피가 분수처럼 허공을 뒤덮는다.

피 웅덩이를 뒹구는 수급.

'사람의 머리를…… 잘랐어!'

손끝을 맴도는 지독한 현실감.

멘탈이 바스러질 거 같다.

방구석에 누워 게임을 즐기며 무의미하게 인생을 낭비하던 시절로 돌아가고 싶다.

"으, 으으으……."

한 걸음 뒷걸음질 친 순간!

"신아! 기억해라! 타인의 피보다 자신의 피를 아껴야 한다!"

고막을 때리는 왕힐의 목소리.

환신의 얼굴이 엉망으로 일그러지고.

"으, 으아아아악!"

허리를 튕겨 정예 객가 속으로 몸을 던졌다.

-서걱! 서걱! 서걱!

신들린 듯 유엽도를 휘둘렀다.

두 번도 필요 없다.

일도일살!

정예 객가의 목숨이 들꽃처럼 떨어진다.

고금에 다시없을 무공 재능.

기린지재는 고작 기본공에 불과한 육합도법 초식을 천재의 전투 논리로 펼치게 해주었다.

육합도법이 점차 기본공이라는 탈피를 벗고 전혀 다른 무언가로 진화해 간다.

"이놈이!"

또 다른 강좌무인이 달려와 환신에게 병장기를 휘둘렀

지만 소용없다.

부족한 내공, 체력, 완력에도 불구하고 구름 위에서 내려다보는 듯한 초식상의 우위로 교묘히 허리를 젖히며 강좌무인의 상체를 사선으로 베어냈다.

"커헉!"

절명한 강좌무인에게 시선조차 주지 않고 다시 정예 객가에게 달려들었다.

환신의 가공할 신위에 왕힐은 등골을 타고 올라오는 전율과 함께 온몸을 부르르 떨었다.

저게 보름 전까지 칼 휘두르는 법조차 모르던 아이가 맞단 말인가!

허나 놀라움도 잠시.

이를 악물었다.

이대로 멍하니 있어선 곤란하지 않은가!

"지금이다! 낭인대! 적을 쳐라!"

"와아아아아!"

환신의 맹활약에 극도로 고무된 낭인대가 함성을 내지르며 강좌무인과 정예 객가와 맞부딪쳤다.

어려울 게 없었다.

폭풍이 휩쓸고 지나간 자리에 버려진 찌꺼기를 쓸어 담으면 그만이니까.

환신의 유엽도에 상처 입고 비틀거리는 강좌무인과 정

예 객가에게 무자비한 칼날이 쏟아졌다.

멀찍이서 소작농을 학살하던 강좌무인이 환신의 활약을 보고 싸늘하게 말했다.

"저놈을 먼저 처리해야겠다. 가자!"

신법을 전개해 환신 쪽으로 쏘아지자 강좌무인 둘이 바짝 따라붙었다.

이런 일을 수도 없이 겪었는지 천지인(天地人) 세 방위를 점한 연환진을 구성해 환신을 공격해 들어갔다.

-챙! 채재챙! 캉! 카캉!

닳고 닳은 이류고수 세 명이 진세를 이뤄 합공을 펼치자 무아지경에 이른 환신조차 손발이 어지러워졌다.

삼 인의 경력이 환신 한 명에게 집중되자 얼마 전 낭인들에게 몽둥이로 두들겨 맞던 것 이상으로 고통에 시달렸다.

고금에 다시없을 천재라도 삼재기공 같은 최하급 기공으론 상위 고수의 경력을 상쇄하는 데 한계가 있었다.

시간만 충분했다면.

진화하기 시작한 육합도법으로 어떻게든 했을 텐데.

무공을 익힌 기간이 짧아도 너무 짧았다.

-파앙!

"으윽!"

어깨를 스치는 검격.

가까스로 피해냈지만 어깨를 타고 경력이 파고든다.

뼈와 근육이 뒤틀린다.

공력의 차이가 이래서 무섭다.

초식과 공력은 불가분의 관계.

어느 하나가 모자라면 적에게 사정없이 짓밟혔다.

냉혹한 무의 세계다.

지금 환신의 공력 수준은 적에 비해 절대적으로 열세였다.

압도적인 초식으로도 속절없이 밀릴 정도니 말이다.

이대로는 불과 몇 수 만에 목숨을 잃을 게 분명했다.

환신을 구원한 건 역시나 왕힐이었다.

“신아!”

그가 십여 명의 낭인을 이끌고 달려왔다.

쐐기꼴의 추행진을 구축한 낭인대는 곧장 강좌무인들의 옆구리를 치며 병기를 휘둘렀다.

“이 버러지들이!”

강좌무인과 낭인대가 난전을 벌이는 사이 왕힐은 가까스로 환신을 빼냈다.

전신이 생채기로 가득했다.

상체는 완전히 피범벅.

어깨와 옆구리, 허벅지는 강좌무인들이 쏘아댄 경력에 당해 시커멓게 죽어 있었다.

그럼에도 불구하고…… 살아 있다.

살아 있는 것이다.

왕힐은 다급히 환신의 전신을 만졌다.

"신아! 괜찮으냐! 신아!"

"……아."

왕힐의 품에 안긴 환신은 힘겹게 눈을 떠 자신의 몸을 이리저리 만지며 어디가 다쳤는지 확인하는 그의 눈동자를 볼 수 있었다.

느낄 수 있다.

거기 있는 건 오직 자신에 대한 걱정뿐이다.

-울컥!

코끝이 찡해졌다.

'엄마 아빠한테도 저런 눈빛 받아본 적 없는데…….'

항상 자기 일로 바쁜 부모님.

당연하다는 듯 서로 애인을 만들고, 그걸 자식에게 숨기지도 않는다.

낳았으면 돌봐도 줘야지.

식탁에 놓인 고액권 지폐 몇 장이 부모로서 해줄 수 있는 전부란 말인가?

그래서 방에 틀어박혀 게임에 몰두했다.

'제천'의 세계는 그에게…… 도피처였다.

헌데 이곳에서 게임 캐릭터라고, 우스갯소리로 왕버지라 불렀던 왕힐에게 진짜 '정'을 느낀 것이다.

가슴속에서 뜨거운 게 올라온다.

환신은 괜찮냐고 묻는 왕힐을 향해 큰 소리로 외쳤다.

"예! 사부님!"

왕힐은 크게 충격받은 듯 우뚝 몸을 멈추었다.

그는 고개를 저었다.

"……그런 소리 말거라. 어찌 너 같은 만고의 기재가 수치도 모르고 바닥이나 뒹구는 삼류 낭인 따위를 사부로 삼는단 말이냐."

"아니, 그렇지 않아요."

환신은 왕힐의 눈을 똑바로 쳐다보고 굳은 의지가 담긴 목소리로 소리쳤다.

"누가 내게 사부가 누구냐고 물으면 한 치의 망설임 없이 답하겠습니다! 광동 출신 낭인 왕힐이 바로 나 환신의 하나뿐인 사부라고! 부끄럼 없이 당당하게! 그렇게 말할 거예요!"

절세무공을 가르쳐 줄 사부 따위.

환신에게 필요 없었다.

셀 수 없는 기연이 머릿속에 넘쳐나고.

기연으로 얻은 무공을 누구보다 빨리, 완벽하게 익힐 수 있는 사상 최고의 재능이 있었으니까.

허나 낯선 세계에서 살아갈 보석과도 같은 지혜와 가슴 뜨거운 정을 나눠준 사람은 오직 왕힐뿐이다.

이 순간.

세계와 세계의 벽이 무너지고.

이어졌다.

'인연'이 말이다.

왕힐은 감동한 나머지 환신의 손을 꽉 잡았다.

두 노소는 서로의 눈을 마주 보았다.

찰나지간 너무도 많은 말이 서로의 눈과 눈을 통해 스쳐 지나간다.

허나 그것도 잠시.

왕힐이 자리에서 일어났다.

"가자, 신아!"

환신 역시 벌떡 일어나 소리쳤다.

"예! 사부님!"

사제(師弟)는 다시 전장을 향해 달린다.

하나 된 마음으로 그렇게.

환신과 왕힐이 싸움에 끼어들자 강좌무인들은 화들짝 놀라 연신 뒤로 물러섰다.

-타타타탓!

빠르게 보법을 전개해 강좌무인을 향해 유엽도를 휘둘렀다.

강좌무인이 마주 검을 찔러 넣었지만 이미 환신의 유엽도는 그 자리에 없었다.

표홀한 움직임과 함께 강좌무인의 검날을 타고 올라가

그의 손목을 베어낸다.

"크헉!"

동시에 목에 붉은 줄이 쭉 그어졌다.

바닥에 떨어진 머리.

잔혹한 광경에 피가 나도록 입술을 깨물었다.

하지만 거기까지.

버틸 수 있다.

머릿속에 울리는 왕힐의 가르침.

-타인의 피보다 자신의 피를 아껴야 한다!

그 말을 끊임없이 암송하며 또 다른 강좌무인에게 돌격했다.

더 이상 머저리처럼 어리바리 타는 건 사양이다.

조금의 망설임도 없이 앞으로 전진하리라.

환신의 미친 듯한 활약에 이를 지켜보던 불산엽가 무인이 악을 쓰며 소리쳤다.

"저 소년 낭인을 보라! 한낱 소년 낭인조차 저리 용맹이 싸우는데 당당한 광동 사내들이 어찌 몸을 사리겠는가! 가자! 우리의 터전을 빼앗으러 온 객가 놈들을 쳐 죽이는 거다!"

"와아아아아아!"

전장의 흐름이 한순간 불산엽가 쪽으로 확 기울었다.

환신의 활약으로 낭인대가 강좌무인을 제압하고 정예 객가들을 몰아붙이자 사기에 크게 영향받는 잡병인 소작농 역시 기세를 타고 도강하는 객가 장정에게 죽창을 꽂아 넣었다.

땅조차 밟지 못한 채 죽창에 밀려 강에 빠져 하나둘 익사하는 객가 장정들.

불산엽가 측 총대장인 엽무도 크게 고무돼 호위대를 이끌고 전면에 나서 검으로 경력을 뿌리며 객가 무리를 베었다.

돌출 지형을 점령하고 이를 교두보 삼아 불산엽가의 진형을 흔들려던 천면호리의 군략은 완벽히 실패했다.

고립된 강좌무인과 정예 객가 모두 참혹하게 도륙될 뿐이다.

천면호리가 둔 수가 나쁜 게 아니다.

오히려 훌륭했다.

단지…… 환신이라는 변수를 예상하지 못했을 뿐.

승리해야 할 전투에서 패하고, 얻어야 할 요충지를 얻지 못했으니 단숨에 객가 무리의 대오가 어지러워졌다.

객가 무리가 탄 갈대 뗏목이 적체되기 시작했다.

도강이 완전히 저지된 것이다.

여기서 끝이 아니었다.

북현교에서 벌어진 전투 역시 대공자 엽중강이 이끄는

무당검수와 광동삼살이 이끄는 정예 낭인대가 군산대도와 강좌무인을 상대로 승기를 잡아가고 있었다.

아무리 군산대도가 절정고수라도 무림의 태산북두, 무당 무학의 신묘함에 기어코 발목이 잡힌 것이다.

그사이 강좌무인들은 하나둘 죽임당했다.

불산엽가 쪽으로 승기가 완전히 기우는 것처럼 보였다.

하지만.

계투는 이제 시작일 뿐이다.

객가 진영 망루에서 누군가 뛰어내렸다.

보신경을 전개해 사뿐히 내려앉은 후 날듯이 북현교로 쏘아졌다.

북현교에 도착하자마자 유려한 보법으로 치열한 전장을 무인지경으로 가로지른다.

-챙! 채채챙! 챙!

섬세한 손놀림으로 허리의 요대에서 연검을 뽑아 들고 검초를 전개했다.

-투투투툭!

순식간에 낭인 십여 명의 머리가 허공에 둥실 떠올랐다.

실로 귀신같은 솜씨!

곧장 허공으로 솟구쳐 치열한 싸움을 벌이는 군산대도와 무당검수들 한가운데로 뛰어들었다.

대공자 엽중강이 이를 갈며 외쳤다.

"형산선자 주예!"

그렇다.

강좌사우의 막내.

형산선자의 출현이다.

이걸로 끝이 아니었다.

또 다른 자가 망루에서 뛰어내렸다.

이재민 객가 측 총대장.

철심수사 문인계였다.

절정의 신법을 발휘해 북강 쪽으로 미끄러지듯 내달린 그는 손에 들고 있던 철선을 앞으로 던졌다.

-철썩!

강물 위에 둥둥 뜬 철선.

훌쩍 몸을 날려 철선 위에 가볍게 내려섰다.

동시에 철선이 엄청난 속도로 북강을 가로질렀다.

달마대사가 갈대에 몸을 싣고 장강을 건넜다는 전설의 일위도강 신법이다.

완숙한 경지에 이른 절정고수라 자부할 만한 놀라운 공부.

철심수사는 뒷짐 진 채 무시무시한 눈빛으로 한 곳을 쏘아보았다.

환신이 있는 돌출 지형이었다.

-좌악!
"크아아악!"
-첨벙!
"허억! 허억! 허억!"
마지막 정예 객가를 발로 차 강에 밀어 넣고 가슴을 베어 버린 후 환신은 숨을 헐떡였다.
"끄, 끝났다."
-철퍽!
강가의 진흙탕에 무릎을 꿇었다.
유엽도에 의지해 당장에라도 쓰러질 것 같은 몸을 겨우 지탱했다.
너무 힘들다.
팔이 끊어질 듯 아파왔다.
고금에 다시없을 천재지만 육체 자체는 무공을 익힌 지 보름밖에 안 된 일반인이다.
유엽도를 휘두르는 동작은 투수의 투구폼에 버금가는, 전신 근육을 극한까지 쥐어짜는 행동의 연속.
그런 과격한 동작을 취해 인간의 육체를 수십 차례 베었으니 그 과정에서 충격이 온몸에 누적될 수밖에.
내공이라는 초자연적인 힘이 아니었으면 애초에 가당치

도 않은 일이었다.

이쪽 전장이 어느 정도 정리됐으니 운기요상이라도 하며 상처를 치료하자고 생각한 바로 그때.

-찌릿! 찌릿!

등골이 오싹해지고 머리카락 끝이 삐쭉 솟는 느낌.

동시에 숨이 멎을 듯한 충격에 사로잡혔다.

무아지경을 맛본 후 한층 예민해진 '기 민감성' 덕분에 바로 감지할 수 있었다.

환신은 고개를 획 돌려 기파가 쏘아진 쪽을 보았다.

철선 위에 서서 뒷짐을 진 채 북강을 가로지르는 청수한 인상의 중년인.

철심수사였다.

수십여 장의 거리를 격하고 이곳까지 절정고수가 뿌리는 기파가 와닿았다.

"……빌어먹을! 하필 이쪽으로!"

아니, 객가 쪽 수장인 철심수사가 왜 최전선인 여기로 오는 건데?

'……낭인 게시판에서 광동계투 욕하는 이유가 이거였어.'

죽음의 함정도 정도가 있지!

순식간에 북강을 건넌 철심수사는 무릎조차 굽히지 않고 어기충소 신법을 펼쳐 허공으로 3장(9.6m)이나 치솟더니 공중제비를 한 바퀴 돈 후 돌출 지형에 사뿐히 착지했다.

실로 놀라운 보신경.

신법만으로 당대 절정고수의 신위를 보여주기 충분했다.

환신은 입을 떡 벌렸다.

"헉! 저게 뭐야?!"

절정고수는 현실에서 저런 짓도 가능해?

절정고수의 신위는 화면상으로 보던 것과는 차원이 달랐다.

허공에서 팔랑거리며 떨어지는 철선을 가볍게 잡아챈 철심수사는 소작농과 낭인이 있는 곳을 향해 철선을 휘둘렀다.

막강한 경력이 담긴 선풍이 휘몰아치며 소작농 수십이 피떡이 되어 사방으로 튕겨졌다.

"크아아악!"

반경 5장 여의 공간이 비자 철심수사는 철선으로 손바닥을 내려쳤다.

철심수사 뒤쪽으로 갈대 뗏목을 탄 강좌무인과 정예 객가, 객가 장정들이 구름처럼 몰려들었다.

소작농을 지휘하던 불산엽가 무인은 분한 나머지 입술을 깨물었다.

당장에라도 도강을 저지하고 싶다.

허나 할 수 있는 게 없었다.

삼류 낭인과 소작농 따위.

수십, 수백이 있어도 별 의미 없다.

절정고수의 신위 앞에 옴짝달싹조차 하지 못했다.

그 사실을 누구보다 잘 알고 있는 철심수사는 웃으며 철선으로 얼굴을 부쳤다.

실로 절정고수다운, 위엄 넘치는 모습이었다.

철심수사가 천천히 입을 열었다.

"의제의 책략대로라면 본인이 이곳에 올 일 따위 없어야 했거늘."

씁쓸한 표정으로 고개를 절레절레 흔들었다.

그는 심유한 눈으로 한곳을 응시했다.

환신은 철심수사와 눈이 마주치자 흠칫 뒷걸음질 쳤다.

철심수사는 환신을 보며 나직이 말했다.

"설마하니 일개 소년 낭인의 맹활약으로 의제의 책략에 금이 갈 줄이야. 허허, 탐나는구나."

그는 허허롭게 웃었다.

철심수사는 입가에 미소를 머금은 채 말했다.

"상관없겠지. 이런 사소한 변수를 제압하기 위해 나 철심수사가 있는 것이니 말이야."

철선을 빙글 돌리자 반대쪽 면이 보였다.

살아 있는 것처럼 생생한 나비가 음각돼 있다.

기이한 광경에 왕힐의 얼굴이 시퍼렇게 질렸다.

그가 미친 듯이 소리 질렀다.

"금접초래(錦蝶招來)! 낭인대! 모두 피하라!"

이미 늦었다.

절정고수의 은밀한 손속을 어찌 일개 삼류 낭인들이 알아차리고, 또 피할 수 있단 말인가.

낭인대가 '어어?' 하는 사이 철선에서 음유한 기운과 함께 검풍이 방출됐다.

단순한 검풍이 아니다.

철심수사의 성명절기인 금접선법(錦蝶扇法) 초식에 따라 나비 형상의 가공할 검기가 낭창낭창 움직이며 사방으로 퍼진다.

검풍이 휩쓸고 지나간 자리에 있던 낭인대와 소작농의 육체가 수십 조각으로 잘려 나갔다.

철심수사의 무서운 신위에 왕힐이 환신을 보며 외쳤다.

"신아! 철심수사 문인계는 강호의 절정고수 중에서도 상위의 선법 고수! 선법은 무공 특성상 초식의 전개가 변화무쌍하기 짝이 없어 알고도 막지 못한다! 절대 그의 무공 범위에 접근하지 마라!"

"예, 예에!"

환신 역시 저 무시무시한 공간 속에 들어가 고깃덩이가 될 생각 따위 조금도 없었다.

하지만 심적으로 급격히 위축되는 건 어쩌지 못했다.

'……이런 젠장맞을. 로그아웃 마렵네.'

다행히 철심수사는 객가 무리가 도강하는 데 방해되지 않도록 공간 확보에 주력했다.

딱히 낭인이나 소작농을 학살할 생각 따위 없어 보였다.

그는 피에 미친 마도 고수가 아니었으니까.

굳이 분류하자면 백도에 가깝겠지.

허나 백도 무인이라도 이권이 걸린 전투에선 망설이지 않고 적을 벤다.

하물며 무지렁이 소작농 따위, 동등한 인간으로 보지도 않는다.

실로 냉혹한, 무림인다운 처사였다.

환신은 뒤로 한참 물러나 철심수사가 선법을 펼치는 광경을 지켜봤다.

순간.

기린안이 다시금 발동했다.

환신의 눈이 철심수사의 무를 관통한다.

철심수사가 펼치는 금접선법의 현란하기 짝이 없는 변초를 한눈에 꿰뚫었다.

"……아름다워."

실로 조화롭다.

나비 형상을 한 검기가 그리는 궤적은 최상급 비단을 짜는 과정을 연상시켰다.

그래서 금접선법이다.

검기의 움직임이 한 폭의 비단을 짜는 듯해서 그리 불리는 것이다.

완벽히 공간을 점유한 철심수사의 초식.

이를 보고 환신은 '변(變)'이라는 무학의 개념에 대한 깨달음을 얻었다.

자기도 모르게 손가락을 미친 듯이 움직이며 선을 그린다.

그 선은 철심수사가 뿌리는 금접검기 투로를 그대로 닮아 있었다.

'완벽한 건…… 아니야.'

자세한 건 모르지만 그냥 그렇게 느껴졌다.

철심수사의 초식은 어딘가 비어 보였다.

허나 그뿐이다.

기린지재가 아무리 대단해도 공력의 깊이와 무공에 대한 이론과 지식, 깨달음이 현저히 부족한 상태에서 모든 걸 이해할 순 없었다.

이류와 삼류 중간 정도에 위치한 환신의 경지로는 절정고수의 손속을 눈으로 쫓는 것조차 쉽지 않으니 말이다.

환신에게는 필요한 건 시간과 경험, 그리고 깨달음뿐이다.

바로 그때.

"피해!"

왕힐이 환신을 끌어안고 반대편으로 뒹굴었다.

환신이 있던 자리를 금색 나비 물결이 휩쓸고 지나갔다.

철심수사의 금접검기였다.

살벌한 광경에 간담이 서늘해진다.

'주, 죽다 살았네.'

철심수사가 천천히 걸어왔다.

그가 확보한 널찍한 공간에 갈대 뗏목을 타고 도강에 성공한 강좌무인과 정예 객가, 객가 장정들이 집결했다.

일정 숫자가 모이자 낭인과 소작농들에게 달려들었다.

불산엽가 측은 순식간에 밀렸다.

다시금 전세는 객가 무리 쪽으로 기우는 모양새였다.

절정고수 일인의 신위로 전황이 단번에 뒤집힌 것이다.

뒷짐 쥔 채 여유롭기 짝이 없는 모습으로 다가온 철심수사가 환신과 왕힐을 보며 피식 웃었다.

"그리 놀라면 쓰나. 장난 좀 쳤을 뿐인데."

"으으……."

절정고수의 장난질에 목숨이 날아갈 뻔했으니 화가 날 법도 하건만 그렇지 않다.

공포.

그렇다.

오직 공포뿐이다.

동시에 생존 본능이 머릿속을 꽉 채웠다.

철심수사는 겨우겨우 진흙탕에서 몸을 일으키는 환신과 왕힐을 응시했다.

아니, 틀리다.

철심수사가 보는 건 오직 환신뿐이었다.

삼류 낭인 왕힐 따위, 안중에도 없었다.

그는 천천히 입을 열었다.

"실로 놀라운 재능. 진흙 속의 진주라는 말은 마치 소년 낭인, 너를 위해 존재하는 듯하구나."

철심수사가 수염을 쓰다듬으며 말했다.

"소년 낭인. 이름이 무엇인가."

"……환신입니다."

"환신. 좋은 이름이군. 소년 낭인 환신. 자부심을 가져도 좋다. 네 활약으로 나 철심수사 문인계가 이리 진흙땅에 발을 디디게 되었으니. 허나 너는 그럴 만한 가치가 있다."

철심수사의 눈 깊숙한 곳에서 빛이 번뜩였다.

탐욕의 빛이었다.

"망루에서 네 활약을 모두 지켜보았다. 아주 인상 깊었지. 그래서 생각했다. 그 재능을 갖고 싶다고."

철심수사는 환신을 응시하며 말했다.

"소년 낭인 환신. 나의 제자가 되라."

그는 탐욕을 숨기지 않고 노골적으로 환신에게 요구했다.

제자가 되라고.

자신의 것이 되라고 말이다.

환신은 입술을 깨물었다.

기린지재에 대한 무림고수들의 탐욕, 열망!

당연한 일임에도 막상 닥치니 가슴이 서늘해진다.

철심수사가 말을 이었다.

"나와 사제지연을 맺고 내 무공을 이어라. 무림에서 절정고수의 제자가 될 기회는 흔치 않다. 한순간 인생이 바뀌는 거지. 어떠냐. 제안을 받아들이겠느냐?"

왕힐은 눈을 질끈 감았다.

환신의 재능은 그야말로 낭중지추.

못 알아보는 게 오히려 이상한 일이다.

하지만…… 너무 빠르다.

조금 더 이 재능 있는 아이와의 인연을 이어가길 바랐는데.

왕힐은 환신이 철심수사의 제안을 받아들일 거라 생각했다.

당연하지 않은가.

강호의 절정고수와 삼류 낭인.

처음부터 선택지는 정해져 있었다.

환신과 왕힐의 눈빛이 얽혀 들어간다.

환신은 읽을 수 있었다.

왕힐의 눈동자에 듬뿍 담긴 깊은 정과 걱정, 그리고 여러 감정의 파편.

역시 왕힐이다.

그렇다면…… 지킨다.

스스로와 한 약속을 말이다.

환신은 철심수사를 보며 말했다.

"거절합니다."

"……거절한다고? 어째서?"

철심수사의 물음에 당당히 가슴을 펴고 소리쳤다.

"내 스승은 오직 광동 출신 낭인 왕힐뿐! 하늘이 맺어준 사제지연을 어찌 손바닥 뒤집듯 뒤집을 수 있단 말입니까!"

속으로 한마디 덧붙였다.

'성 밖에 나가면 널리고 널린 게 상승무공을 얻을 수 있는 기연이라고! 금접선법 따위 누구 코에 붙여!'

한 가지 더.

백도 성향의 철심수사가 제자가 되라는 제안을 거절했다고 바로 죽이진 않을 거란 나름의 계산도 있었다.

철심수사는 충격을 받은 듯 뒷걸음질 쳤다.

멍하니 환신을 보던 그는 고개를 저었다.

"……도저히 이해할 수 없군. 저딴 삼류 낭인이 뭐라고 내 제안을 거절한단 말이냐."

"한 번 맺은 인연을 소중히 여기는 게 잘못입니까?"

"으음……."

모두가 세태와 영합하는 시대다.

과거 아름답던 낭만 강호 시대가 끝나고 제천맹이라는

단일대오 아래 작은 이권을 놓고 득달같이 달려드는 세력간 쟁투가 만연해 있다.

이익에 따라 서로 손잡고, 또 배신하는 역겨운 짓거리가 당연시되는 시대.

그게 바로 제천맹 천하.

스승과 제자가 맺는 사제지연 또한 마찬가지.

무공을 전수한다 함은 범인을 초인으로 탈바꿈시키는, 실로 어마어마한 은혜를 베푸는 행위다.

낳아준 부모보다 더하면 더했지 덜하지 않은 은혜.

당연히 스승과 제자 사이는 각별하기 그지없어야 하건만.

그렇지 못한 경우도 흔했다.

환신의 말은 현 강호의 상황과 어울리지 않는, 순진하기 짝이 없는 이야기다.

이상이다.

낭만이다.

그럼에도…… 싫지 않다.

철심수사 문인계란 무인의 근본이 정도(正道)를 추구하는 명가 중의 명가기 때문이겠지.

그는 고개를 끄덕였다.

"그렇군. 알겠다."

"……저를 어찌하실 생각입니까."

"아직 마음을 정하지 않았다. 계투가 끝난 후 진지하게

이야기하도록 하지. 그때는 좀 강압적인 분위길 테지만 감수하거라."

"……."

"너무 걱정하지 마라. 나는 후학을 아끼는 편이니 말이야."

그는 슬쩍 시선을 돌렸다.

"이야기는 여기까지. 번잡한 일부터 정리해야겠군."

환신 역시 철심수사가 보는 곳을 응시했다.

광동삼살 삼형제와 무당검수 3인이 무시무시한 기파를 흘리며 달려오고 있었다.

철심수사의 입가에 조소가 맺혔다.

불산엽가는 정확히 그의 의도대로 움직여 주었다.

속가제자에 불과했으나 무당검수의 실력은 과연 명불허전.

의제인 군산대도 단독으로 무당칠성검진을 이겨내는 건 불가능하다.

강좌무인을 상대로 압도적인 실력을 뽐내는 다른 무당검수 역시 방해였다.

여기에 더해 환신의 활약으로 돌출 지형 확보에 실패한 나머지 전황 자체가 넘어갈 수도 있는 상황.

백전(百戰)을 치른 철심수사의 물오른 통찰은 이번 계투의 승부를 가를 맥이 바로 이곳, 돌출 지형임을 통찰해 냈다.

이후 전투의 흐름은 그가 노린 대로 진행됐다.

친히 전장에 뛰어들어 돌출 지형을 확보하고 불산엽가의 전열을 무너뜨렸다.

북현교의 상대 전력을 쪼개 군산대도와 형산선자가 유리한 고지를 점할 수 있도록 유도했다.

남은 건 눈앞의 버러지들을 즈려밟고 약속된 승리를 쟁취하는 것.

무당 비전 제운종 신법을 펼쳐 철심수사의 지척까지 접근한 무당검수들이 삼재진을 구성했다.

평범한 삼재진이 아니다.

무당삼재검진이다.

삼 인이 한 명의 강적을 감당하는 건 물론이고 다수의 적으로부터 사형제들을 보호할 수 있도록 고안된 신묘한 검진이었다.

-슉! 슈슈슉! 슉!

양의검법의 화려한 변초와 함께 푸른 검영이 허공을 뒤덮는다.

초수 하나하나 치명적인 위력을 담고 철심수사의 사혈을 노렸다.

이에 대응해 철심수사는 여유롭게 철선을 휘둘렀다.

금접검기가 허공을 수놓으며 한 폭의 비단을 짜듯 누런 검막을 구축해 무당검수들의 검을 튕겨냈다.

아무리 무당삼재검진이라도 상대는 검기상인의 경지에 이른 절정고수.

그것도 상급에 이른 강자다.

절정 초입인 군산대도와 차원이 다르다.

무당삼재검진이 아니었다면 일류에 불과한 무당검수들은 순식간에 살해됐겠지.

지금도 형세가 위태롭기 짝이 없다.

변화무쌍하게 사방을 누비는 금접검기의 위력에 매 순간 사선을 넘나든다.

뒤늦게 광동삼살이 전투에 끼어들었다.

"호야! 서야! 가자!"

"예, 큰형님!"

"젠장! 형님들은 다 용이고 호랑인데 왜 나만 쥐새끼야!"

추서의 볼멘소리와 함께 광동삼살은 각자의 병기에 공력을 밀어 넣고 곧장 휘둘렀다.

병기가 부르르 떨리며 검명과 함께 막대한 경력이 사위를 진동시켰다.

철심수사의 눈매가 꿈틀거렸다.

광동삼살은 장병기의 이점을 십분 살려 철심수사의 요혈을 예리하게 찔러왔다.

그럼에도 무당삼재검진의 운행을 조금도 방해치 않는다.

광동삼살 삼형제 모두 예리한 감각을 지녔음이 분명했다.

철심수사의 철선이 기묘한 움직임을 그린다.

금접선법상의 절초인 금선풍(錦旋風)이 전개되었다.

-촤라라라라락!

"크으윽!"

하늘을 뒤덮는 황색 나비의 윤무.

질식할 것 같은 압박에 광동삼살과 무당검수 모두 미친 듯이 보신경을 펼쳐 금접검기를 회피했다.

-푸확!

무당검수 중 한 명의 왼팔이 금접검기에 휘말려 그대로 뜯겨 나갔다.

무지막지한 위력!

상처를 타고 침투한 경력이 혈맥을 헤집고 다니자 내상을 입고 입에서 피를 질질 흘렸다.

그럼에도 멈추지 않는다.

비록 속가제자라지만 당당한 무당 제자로서 사문을 욕보일 수 없었다.

이 자리에서 절명하더라도 무릎 꿇지 않는다.

그것이 소매에 새긴 태극 각인이 주는 무게였다.

살기 위해 광동삼살과 무당검수는 본능적으로 역할을 나눴다.

무당검수가 방(防)이고, 광동삼살이 공(攻)이다.

그럼에도 역부족.

철심수사의 가공할 신위에 목숨이 경각에 이르자 박살도 추룡이 낭인들을 보고 발작적으로 소리쳤다.

"낭인대! 전원 철심수사에게 달려들어! 아니면 다 죽는다!"

잔혹하기 짝이 없는 명령.

허나 옳은 명이었다.

광동삼살과 무당검수가 살해되면 기세가 오를 대로 오른 강좌무인과 객가 장정에게 낭인대까지 몰살당할 건 불문가지.

허나 일정 공간을 나비 물결로 채우는 철심수사의 신위에 주춤할 수밖에 없었다.

생존 본능이 한 걸음 내디디는 걸 가로막는다.

박살도 추룡이 비명에 가까운 고함을 내질렀다.

"어서!"

왕힐은 깊은 한숨을 내쉬며 도를 들어 올렸다.

그리고 크게 외쳤다.

"낭인대! 추 대주를 돕는다!"

"왕 오장! 우리가 어찌 저 싸움에 끼어들 수 있단 말이오!"

왕힐이 준엄하게 꾸짖었다.

"그것이 계약이다! 계약을 했으면 마땅히 이를 지키는 것이 낭인의 숙명! 낭인은 은을 받고 칼을 판다! 우린 낭인으로서 추 대주의 명을 따라야 할 의무가 있다!"

"으, 으윽!"

"허나 막무가내로 죽을 자리로 내몰지 않겠다! 자신의 목숨을 지키기 위해 할 수 있는 모든 걸 하라! 일정 거리 이상 접근하지 말고 신경 거슬리게 돌이라도 던져!"

"……알겠소."

"가자!"

"예!"

왕힐이 솔선해 앞으로 달렸다.

그 뒤를 낭인들이 뒤따랐다.

마치 불 속에 뛰어드는 부나방을 연상시키는, 처연하기까지 한 광경이었다.

환신 역시 홀린 듯 왕힐의 뒤를 쫓았다.

이것이 전장이 가져다주는 마력이다.

전장은 인간을…… 하나의 군집으로 만든다.

자유의지를 박탈했다.

왕힐이 먼저 돌을 주워 경력을 실어 철심수사를 노리고 던졌다.

한 줄기 검풍에 막혔지만 이건 시작에 불과했다.

낭인들도 돌을 주워 왕힐의 지시에 따라 순차적으로 던졌다.

한두 개도 아니고 수십 개의 경력을 머금은 돌이 계속해서 쏟아지자 철심수사는 보법을 전개해 돌팔매질을 피할 수밖에 없었다.

'……흐음, 여간 거슬리는 게 아니군.'

덕분에 광동삼살과 무당검수 모두 조금이나마 여유를 되찾았다.

철심수사의 눈썹이 역팔자가 되며 불편한 심기를 드러냈다.

마음을 정하자 일말의 망설임 없이 보신경을 펼쳐 급속히 낭인들에게 접근했다.

오른손으로 철선을 휘둘러 무당검수와 광동삼살의 초식을 파훼하고 왼손으로 위타장이라는 상승의 장법을 펼쳤다.

-푸학!

장영(掌影)이 난무하자 낭인 세 명이 위타장에 적중돼 피떡이 되어 날아갔다.

일수에 삼 인이 절명했다.

그 광경을 바로 옆에서 목격한 환신은 공포에 질려 숨이 덜컥 막혔다.

절정고수의 무서움이 뼈에 사무칠 지경이었다.

-찌릿!

폐부를 찌르는 날카로운 살의에 정신이 번쩍 든다.

동시에 고막을 뚫고 들어오는 전음 한 가닥!

「후학의 재능을 아껴 자비를 베풀었거늘. 내 손속이 잔혹하다 원망치 말라.」

동시에 무섭도록 날카로운 금접검기 다발이 환신을 노리고 날아들었다.

목표는 환신의 흉부.

순간.

세계가 느려진다.

생명이 경각에 이르자 극한의 집중력이 사고를 가속시킨 것이다.

'피해야…….'

허나 기린안은 금접선법의 변초가 회피할 수 있는 모든 방위를 점하고 있음을 꿰뚫어 보았다.

절정고수가 작정하고 날린 일격이다.

어느 쪽으로 피하든 죽음이 예약돼 있었다.

환신은 그제야 자신이 너무 나댔음을 깨달았다.

몸을 사렸어야 했는데.

아니.

조금만 더 무공을 익힐 시간이 있었으면.

이리도 무력하지 않았을 것을.

억울한 심정이 턱 끝까지 차오른다.

그럼에도 할 수 있는 건 없었다.

아무것도.

"신아!"

누군가 환신의 몸을 옆으로 밀쳤다.

-퍽! 퍼퍼퍽! 퍼퍽!

땅에 쓰러진 환신의 얼굴 위로 뜨겁고 끈적끈적한 액체가 후드득 떨어졌다.

피였다.

"아, 아아……."

왼팔을 비롯해 상체 절반이 검기의 가공할 열량에 증발했다.

거기서 끝이 아니다.

한쪽 눈과 머리통 일부가 녹아내렸다.

전신에 절정고수의 경력이 침투해 시커멓게 부풀어 오른다.

끔찍하기 짝이 없는 몰골.

그럼에도 왕힐은 굳건히 서 있었다.

하나밖에 남지 않은 안구엔 오직 환신을 지키겠다는 일념뿐이다.

허나 그조차 서서히 빛을 잃어가고 있었다.

"아! 으아아아아!"

피를 철철 흘리는 왕힐을 잡아끌고 미친 듯이 뒤로 피했다.

"사부님! 사부님!"

왕힐을 살려야 한다.

살리고 싶은데…… 무슨 수로?

양대신의, 아니, 대라신선이 와도 왕힐을 살리는 건 불가능했다.

"시, 신아……."

"사부님! 죽지 마세요, 사부님!"

생명이 경각에 이르렀음에도 왕힐의 입가엔 한 조각 미소가 자리 잡고 있었다.

조금의 미련도 없는, 찬란하기 그지없는 미소였다.

왕힐이 입술을 달싹였다.

"아아……. 네가 살았으니…… 돼, 됐다."

"사부님! 안 돼요!"

"아들을 잃고…… 비, 빈껍데기나 다, 다름없는 인생이었다. 회한뿐인 삶인데 말년에 너, 너 같은 제자를 어, 얻었으니 한 점 여한이 없……."

-툭.

왕힐의 고개가 옆으로 꺾였다.

온몸에 수포가 잔뜩 부풀어 오른, 비참하기 짝이 없는 죽음이었다.

머릿속이 하얘진다.

이제 막 마음을 줬는데.

사부가, 친인이 생겼는데.

왕힐이 흘린 피가…… 너무 뜨거웠다.

자기도 모르게 옆으로 시선을 돌렸다.

여전히 어마어마한 신위를 보이는 철심수사가 보인다.

무언가 해야 했다.

뭔가 하지 않으면…… 이대로 미쳐 버릴 거 같으니까!

환신의 동공이 빠르게 움직이며 절정의 보신경을 펼치는 철심수사의 움직임을 쫓았다.

머리에서 김이 날 정도로 극한의 집중력을 발휘했다.

그리고 깨달았다.

낭인이나 속가제자를 상대할 때와 달리 철심수사의 움직임에 큰 빈틈이 있음을.

무인 간의 공방은 살아 있는 생물과 같다.

변화무쌍 그 자체다.

무당검수의 심오한 양의검공과 무당삼재검진.

철심수사의 빈틈을 노리고 종횡무진 활약하는 광동삼살의 공격이 겹쳐 철벽과도 같던 철심수사의 초식 전개에 틈이 생긴 것이다.

기린안에 환상처럼 반짝이는 길이 보였다.

밤하늘의 무수한 별처럼 전개되는 초식 사이를 마치 유성처럼 가로지르는 바로 그 길!

하늘에 닿은 무의 재능과 태음칠절맥이 가져온 천재적인 지능이 결합된 통찰이 낳은 기적.

길을 찾았는데 더 이상 망설일 이유가 어디 있을까.

무아지경으로 몸을 던졌다.

조금이라도 발을 헛디디면 온몸이 갈기갈기 찢길 죽음의 길로 말이다.

한 발.

두 발.

육체를 완전히 통제하고 있었지만 아직 근력이 부족해서일까?

-팟! 파팟!

어깨와 왼팔에 검풍이 스치고 지나가자 경력이 기혈에 침투했다.

울컥 목구멍까지 선혈이 솟구쳤지만 억지로 꿀꺽 삼켰다.

'버틸 만…… 해!'

필사적으로 삼재기공을 운용해 경력을 상쇄시킨다.

한 가닥이니 망정이지, 하마터면 심장이 멎을 뻔했다.

그럼에도 멈추지 않는다.

왕힐이 돌아올 수 없는 길을 떠났는데…… 이런 고통쯤!

바로 그때.

이변이 일어났다.

"커헉! 아, 아차!"

태음칠절맥 발작이 시작됐다.

전투가 너무 격렬히 진행돼 발작 시간을 놓쳐 버린 것이다.

"끄으으윽! 으그극!"

온몸의 혈관을 가는 톱으로 긁는 듯한 이 고통!

평상시 같았으면 바닥을 뒹굴었겠지.

"사, 사부님!"

절맥 발작의 고통조차 이 순간 모두 잊었다.

들끓는 분노가 원동력이었다.

여기서 끝이 아니다.

기린지재의 천재성이 본능적으로 전신 혈맥을 내달리는 태음지기를 한 곳으로 이끌었다.

환신의 유엽도에서 지독한 한기가 뿜어져 나오기 시작했다.

바로 그 순간.

철심수사가 환신을 발견했다.

그의 얼굴이 삽시간에 굳어졌다.

수십 년간 갈고닦은 무인의 본능이 미친 듯이 경고한다.

저건 위험하다고.

사방을 옥죄는 무당검수의 칼날.

그 사이를 비집고 휘몰아치는 화극과 창, 그리고 박도.

……모두 의미 없다.

난무하는 병기의 잔광 속에서 오직 환신만이 진정 자신을 위협하고 있음을 깨달은 것이다.

허나 환신을 죽이기 위해 손을 쓰면 무당검수와 광동삼살의 칼날이 온몸을 쑤시겠지.

지독한 모순이다.

어찌 저 소년 낭인은 이 순간을 잡아냈을까?

아마도…… 자신이 그토록 매료된 천재성 덕분이겠지.

그렇다고 목숨을 내놓을 이유 따위 조금도 없었다.

철심수사는 무인의 본능에 몸을 맡겼다.

육참골단이다.

생명에 지장 없는 요혈을 내주고 환신을 죽인다.

저 소년 낭인은…… 위험하다.

철심수사의 손이 환신을 향해 쭉 뻗었다.

푸른 기운으로 일렁이는 장영이 휘몰아친다.

일정 공간을 완전히 점하는 상승의 장공.

위타장 일격이 환신의 전신을 노렸다.

그 순간.

철심수사가 눈을 부릅떴다.

환신이 장영 속으로 몸을 던지더니 무인지경으로 이를 피하는 게 아닌가!

그가 움직이는 모든 곳이 허초와 실초 사이의 유일한 생로였다.

철심수사조차 알지 못했던 생로.

'이건 도대체…….'

환신의 입술이 잔인하게 비틀렸다.

'그깟 장법. 이미 몇 번이나 봤다고!'

기린지재의 천재성이 위타장을 해체하고 재조합해 환신의 것으로 만들었다.

부지불식간에 펼친 위타장 따위.

조금의 위협도 되지 못했다.

그 순간.

생과 사가 갈렸다.

-촤악!

환신의 유엽도가 철심수사의 등을 가르고 지나갔다.

기막으로 전신을 보호한 철심수사에게 그리 위협적이지 않은 작은 생채기에 불과했다.

종이에 손가락을 베여 살짝 움찔하는, 그 정도 고통이 전부.

곧장 환신을 죽이기 위해 손을 쓰려는데 순간 굳어졌다.

몸이 움직이지 않는 것이다.

'……차갑다!'

혹한의 빙하조차 따뜻한 목욕물처럼 느껴질 법한 극한의 냉기가 척추를 타고 순식간에 골수를 얼려 버렸다.

태음지기였다.

동시에 전신 혈관을 타고 흐르는 지독한 고통!

온몸이 경직되고 휘청거렸다.

그 틈을 놓치지 않고 무당검수들의 검이 철심수사의 목, 명치, 기해혈을 꿰뚫었다.

추서의 철창이 복부를 관통하고 추룡의 박도와 추호의 화극이 왼팔과 오른 다리를 잘라냈다.

그림 같은 연수 합격에 가공할 신위를 뽐내던 절정고수가 완전히 무력화된 순간이었다.

철심수사는 그대로 바닥에 쓰러졌다.

입에 피거품을 문 채 원독에 가득 찬 눈으로 절맥 발작 고통 때문에 벌레처럼 바닥을 뒹구는 환신을 응시했다.

점점 시야가 어두워진다.

곧 죽는다.

'……하늘은 어찌 나 문인계에게 이리도 가혹하단 말인가.'

죽음 직전.

자신을 보며 환하게 웃는 한 남자의 얼굴을 떠올렸다.

"큰형님……."

파르르 몸을 떨던 철심수사의 숨이 멈췄다.

광동계투의 주재자이자 무수한 세계선 속에서 어쩌면 절세효웅이라 불렸을지도 모를 남자.

철심수사 문인계의 최후였다.

5장

광동계투, 그 후

-철퍽 철퍽.

피 웅덩이를 밟으며 박살도 추룡이 철심수사 문인계의 시신 쪽으로 걸음을 내디뎠다.

그는 철심수사의 시체를 잠시 내려다보더니 순간 박도로 목을 내려쳤다.

머리가 싹둑 잘려 나가 땅을 데굴데굴 굴렀다.

경옥관이 떨어져 나가 상투가 풀려 허리까지 내려오는 긴 머리카락이 풀어지며 피 웅덩이 속에 온통 엉겨 붙었다.

패자의 비참하기 짝이 없는 몰골이다.

박살도 추룡은 그 광경을 보고 고개를 절레절레 저었다.

"천하에 명성 높은 절정고수요, 영웅이면 뭐 하는가. 이리 허망이 갈 것을."

허나.

그것이 강호다.

잔혹한 무림의 자화상이다.

오늘 철심수사에게 운이 따르지 않았을 뿐이다.

다음은 자기 차례일지도 모르지.

그러니 현재를 묵묵히 살아갈 뿐이다.

추룡은 철심수사의 머리카락을 잡고 수급(首級)을 들어 올렸다.

그리고 추호에게 건넸다.

"호야."

몰살극 추호는 고개를 끄덕였다.

자신의 극에 철심수사의 수급을 꽂은 채 높이 들어 올리며 크게 외쳤다.

"적장 철심수사의 수급을 취했다! 객가 무리는 당장 무기를 버리고 항복하라!"

『……항복하라! 항복하라!』

육합전성이 북강 변에 울려 퍼졌다.

치열했던 전투가 거짓말처럼 멈췄다.

이재민 객가는 물론이고 불산엽가 측 역시 큰 충격에 휩싸였다.

당연한 일이다.

객가 무리의 총대장 철심수사가 이리 허무하게 명을 달리할 줄 누가 상상이나 했을까.

특히 강좌사우 의형제의 충격은 인간의 말로 달리 표현할 길이 없을 정도였다.

군산대도는 벼락처럼 고개를 돌려 목소리가 들린 쪽을 본 후 외침이 진실이란 사실을 눈으로 확인하고 피눈물을 줄줄 흘렸다.

"어헝!"

믿고 따르던 대형을 잃었다.

그 슬픔을 이해하는 건 이 잔혹한 세상에 오직 다른 의형제들뿐이다.

"용서할 수 없다! 나 관충! 한 놈이라도 더 죽이고 대형의 뒤를 따르리라! 어허어엉!"

군산대도가 미친 듯이 날뛰었다.

이 와중에 무당검수들은 냉철하기 그지없었다.

무당 본산에서 수련한 대로 철저히 무당칠성검진의 묘리에 따라 군산대도라는 대호를 사냥하기 위해 최선을 다했다.

몇몇은 입가에 미소마저 띠고 있었다.

이성을 잃고 분노한 맹수 따위, 조금도 두렵지 않다.

오늘.

대호를 사냥할지도 모른다.

바로 그때.

군산대도의 귀로 한 줄기 전음이 파고들었다.

「관 오라버니!」

다름 아닌 형산선자 주예였다.

「이곳에서 목숨을 버릴 작정인가요?」

군산대도는 무당검수와 격전을 벌이는 와중에도 형산선자에게 전음을 쏘아 보냈다.

「그렇다!」

「바보 같은 짓 그만두세요!」

「……예매! 어찌 그런 말을! 대형께서 죽었다! 어찌 살길 바라느냐!」

「제가 죽음이 두려워 이러는 줄 아세요?」

군산대도는 힐끔 형산선자의 눈을 보았다.

그 안에 담긴 분노는 자신에 비해 결코 모자라지 않았다.

아니, 틀리다.

눈동자 속에 하나의 단어가 더 있었다.

그건 바로…… 복수!

형산선자는 광기로 일그러진 눈동자를 빛내며 철심수사의 수급을 가리켰다.

「보세요. 문인 가가를 참살한 자들이 저리 멀쩡히 살아 있어요. 이래도 목숨을 쓰레기처럼 내던지시겠어요?」

군산대도는 이를 부득 갈았다.

그렇다.

피맺힌 혈채(血債)를 갚지 않고서 어찌 호협을 자처한단 말인가!

협객은 원한을 잊지 않는다.

복수 하려면 형산선자의 말대로…… 살아야 했다.

뼈를 산 채로 발라내는 듯한 고통과 당장에라도 목을 찔러 죽고 싶은 굴욕을 감내하고 기필코 완수해야 하는 것.

그게 바로 복수다.

군산대도는 자신의 아름다운 수염을 억지로 잡아 뜯어 바닥에 내던졌다.

턱에서 피가 질질 흘렀지만 미동도 하지 않았다.

철심수사의 복수를 마무리할 때까지 수염을 가꿀 여유 따위 없다는 비장한 결의였다.

"예매. 가자."

"예, 관 오라버니."

군산대도는 12성 극성 공력을 머금은 청룡대도를 가차 없이 휘둘렀다.

"피해!"

무당검수들이 칠성검진의 묘리로 이화접목을 시전해 이를 상쇄하자 그 틈을 파고든 형산선자가 현란하게 연검을 휘두르며 경력을 흩뿌렸다.

동시에 군산대도가 크게 소리쳤다.

"강좌무인이여! 이 자리를 벗어난다!"

외침이 끝나기 무섭게 강좌무인들은 무당검수와 낭인대

를 상대하길 포기하고 빠르게 물러났다.

그들이 썰물처럼 빠지자 대공자 엽중강이 크게 소리쳤다.

“감히 우리의 터전인 불산을 제멋대로 침탈한 침략자다! 놓치지 마라! 한 놈이라도 더 죽이는 거다!”

“와아아아!”

무당검수, 낭인대는 엽중강의 외침에 호응해 즉각 추격을 개시했다.

북현교의 전투 역시 그렇게 불산엽가의 승리로 마무리되었다.

천면호리 마개위는 북강 변에서 차가운 눈으로 화극에 꽂힌 철심수사의 수급을 응시했다.

객가 장정을 지휘하는 과정에서 천면호리는 철심수사가 어떻게 최후를 맞이하게 됐는지 모든 과정을 두 눈으로 똑똑히 지켜봤다.

그의 시선이 한 곳에 고정됐다.

여전히 진흙탕 속에서 꿈틀거리는 소년 낭인.

‘……저놈이다.’

철심수사를 죽음에 이르게 한 진짜 원흉.

은혜를 원수로 갚은 악적.

머릿속에 복수를 떠올렸다.

피의 수레바퀴가 굴러가기 시작한다.

천면호리는 길게 휘파람을 불었다.

강좌무인에 대한 퇴각 명령이다.

이재민 객가 따위 이제 관심 밖이었다.

어차피 철심수사의 야망을 실현시키기 위한 밀알로 쓰임 받은 자들일 뿐이다.

이제 그들의 운명은 온전히 불산엽가의 손아귀에 놓이겠지.

천면호리는 강좌무인을 이끌고 조용히 인파 속으로 사라졌다.

아무 일도 없었다는 듯, 그렇게.

이로써 북강에서 펼쳐진 광동계투는 불산엽가의 승리로 대단원의 막을 내렸다.

수많은 원한을 남긴 채 말이다.

철심수사의 죽음으로 계투의 승패가 정해지자 객가 세력의 핵심인 강좌사우와 강좌무인은 빠르게 전장을 이탈했다.

엽중강이 무당검수와 낭인대를 이끌고 전과를 높이기 위해 추적에 나섰다.

뒤늦게 광동삼살까지 합류했지만 결국 추적은 실패로 돌아갔다.

후미에서 성난 맹수처럼 날뛴 군산대도의 활약이 첫째요, 강좌무인을 이끌고 불산엽가 추적대 옆구리를 친 천면호리의 기지가 둘째다.

불산엽가 측 추적대가 혼란에 빠진 사이 천면호리가 만일을 대비해 마련해 둔 퇴로를 이용해 기어코 탈출에 성공한다.

보신경을 자유자재로 펼치는 무림인이었기에 가능한 일이었다.

무림인들은 제천맹 천하 수십 년간 자잘한 이권을 놓고 벌이는 집단전에 익숙해져 있었다.

강좌사우와 강좌무인은 그런 식으로 성장한 자들이다.

지도부가 도주하자 객가 장정들은 급격히 혼란에 빠졌다.

곧 깊은 절망감에 사로잡혔다.

갈피를 잡지 못한 객가 무리 일부는 극렬히 저항하다 소작농의 죽창에 찔려 숨을 거뒀다.

사기가 바닥을 치자 하나둘 들고 있던 무기를 땅에 내던진 채 무릎 꿇고 목숨을 구걸했다.

그렇게 계투는 빠르게 정리됐다.

엽중강과 마찬가지로 무당파 속가제자 출신인 엽무는 전면에 서서 검을 휘둘렀다.

엽무와 철심수사의 차이는 오직 하나.

절정의 무위를 자신한 철심수사는 오만하게도 홀로 나

섰다가 죽임을 당했고 엽무는 몸을 사리며 호위무사를 대동했다.

수신(修身)의 중요성이다.

-히히힝!

말을 타고 2공자 엽지강이 달려왔다.

곧장 하마해 객가 장정의 피로 피 칠갑 한 엽무 앞에 무릎 꿇었다.

엽지강은 곧장 포권하며 외쳤다.

“아버님! 광동삼살이 철심수사의 목을 벤 걸 이 두 눈으로 똑똑히 확인했습니다! 불산엽가의 승리입니다! 감축드립니다!”

눈치 빠른 가신들이 엽지강과 마찬가지로 무릎 꿇고 절을 올렸다.

“감축드립니다, 가주님!”

-감축드립니다!

주변을 꽉 채운 불산엽가 무인들까지 외침에 동조하자 엽무는 몸을 부르르 떨었다.

살면서 한 번도 맛보지 못한 크나큰 희열에 휩싸인 것이다.

엽무는 태생부터 승자였다.

타고난 승자인 그가 승리감을 맛보기란 여간 어려운 일이 아니었다.

젊은 시절 무당파 본산에서 수련 후 잠시 강호행을 떠나기도 했지만 불산엽가라는 대가문을 물려받고 평생 가문을 지키며 무난한 삶을 살아왔다.

광동계투는 자신의, 가문의 모든 것을 판돈으로 놓고 벌인 거대한 투전판.

인생에서 가장 격렬한 순간이다.

엽지강이 자리에서 일어나 속삭였다.

"아버님. 승리를 선언하시지요."

엽무는 고개를 끄덕이고 지휘봉을 높이 치켜들며 외쳤다.

"우리 불산엽가의 승리다!"

"와아아아아아아!"

수만 명이 일제히 함성을 내지르자 하늘과 땅이 진동했다.

생과 사를 오가며 쌓인 정신적 압박감을 그렇게 해소하는 것이다.

오직 한 사람.

겨우겨우 태음칠절맥 발작에서 벗어나 왕힐의 시신을 수습하고 있던 환신만이 유일한 예외였다.

'사부님이 죽었는데 계투 승리 따위…… 무슨 의미가 있어.'

환신을 제외한 모두가 기쁨에 젖어 있는 그때.

저 멀리 산등성이에서 계투의 모든 과정을 지켜보고 있던 자들이 신법을 펼쳐 빠르게 불산엽가 요인들이 모여 있는 장소로 달려왔다.

제천사 좌총령 율약벽과 제천맹 광동 분타주 철산권 진맹이 이끄는 제천무사였다.

그들이 다가오자 소작농은 물론이고 불산엽가 무인들 역시 잔뜩 긴장한 채 길을 내주었다.

그럴 수밖에 없었다.

무시무시한 신위를 선보인 철심수사가 절정고수다.

허나 율약벽은 무림의 진정한 힘이라 할 수 있는 초절정고수.

철심수사 같은 자가 열이 있어도 당해낼지 의문인 강자 중의 강자였다.

강호에서 초절정고수의 행사를 가로막거나 심기를 거스르면 죽음을 각오해야 한다.

백만 대군이 격돌하는 전장 속에 유령처럼 스며들어 적 총대장의 수급을 주머니 속 은편처럼 취할 수 있는 자.

그게 바로 초절정고수였다.

엽무는 엽지강의 도움을 받아 대충 갑옷에 묻은 피를 닦아냈다.

피 칠갑을 한 채 제천사 좌총령과 제천맹 분타주를 맞이하는 무례를 저지를 순 없지 않은가.

율약벽과 마주한 엽무는 정중히 포권했다.

"좌총령을 뵙습니다."

율약벽 역시 마주 포권했다.

엽무는 그런 율약벽을 보며 자신감 있는 어조로 말을 이었다.

"좌총령께서도 보셨다시피 객가 무리를 이끌던 철심수사는 죽고 남은 강좌사우와 강좌무인 역시 꼬리를 말고 내뺐습니다. 남은 객가 무리는 모두 우리 손에 들어왔지요. 그런 의미에서 이 엽모. 좌총령께 이번 계투의 판정을 청합니다."

율약벽은 고개를 끄덕였다.

"그러죠. 포정사사 대인과 제천내각의 수장이신 제천대승상 합하를 대리해 제천사 좌총령 율약벽이 선언합니다. 이번 계투의 승자는 불산엽가입니다."

-와아아아아아아!

불산엽가 측은 기쁨을 감추지 못하고 함성을 내질렀다.

이번만큼은 엽무도 평소 목숨같이 여기던 체면 따위 내려놓고 함께 고함을 질렀다.

함성이 잦아들자 율약벽이 다시 입을 열었다.

"패자에게 처분을 내립니다. 이재민 객가는 30년간 불산엽가의 노비로 노동력을 제공하고 불산엽가는 그 기간 동안 저들의 생사여탈권을 가집니다. 도주한 강좌사우……아니, 이제 삼우인가요? 그들과 강좌무인의 몸값은 제천사에서 선지불 하겠습니다. 그들이 어디 있든 백일 내에 천하 각지의 제천맹 분타 중 한 곳에 스스로의 몸값에 더해 이자까지 지불할 것을 명합니다. 만약 지불하지 않으면 제천사가 그들을 찾아가 어떤 식으로든 부채를 회수할 것입니다."

그렇게 수십만 이재민과 강좌사우, 강좌무인의 운명이 결정됐다.

누구 하나 불만을 표하지 못했다.

율약벽은 그런 결정을 내려도 될 신분의 소유자였으니까.

다시 한번 터지는 함성.

엽무는 황급히 율약벽에게 말했다.

"좌총령. 본가로 가시지요. 연회를 준비해 두었습니다."

율약벽은 냉정히 고개를 저었다.

"사양하겠어요. 바로 총단으로 돌아가겠습니다. 한 사람과 환담을 나눈 후에 말이죠."

율약벽의 전신에서 자줏빛 전류가 터져 나왔다.

동시에 그녀의 신형이 유령처럼 사라졌다.

그리고 찰나지간 누군가의 뒤에 모습을 드러냈다.

한 소년 낭인의 등 뒤였다.

환신은 왕힐의 시신을 수습한 후 면포에 싸서 등에 업었다.

시신을 모아놓은 곳에 가서 마차를 빌릴 생각이었다.

광주 성도로 모셔가서 장례를 치러야 했기 때문이다.

그때.

문득 인기척을 느끼고 고개를 뒤로 돌렸다.

"헉!"

숨이 멎는 줄 알았다.

-파직! 파지지직!

은발에 푸른 눈이라는 기이한 외양에 자줏빛 전류를 일으키며 주위를 빙글빙글 도는 일곱 개의 금환.

뇌룡탄(雷龍彈)이라 불리는 금환은 전장에서 실로 가공할 위력을 선보이며 공포의 대상으로 군림했다.

여기에 그녀를 상징하는, 무가지보인 천잠사로 짠 봉황보의(鳳凰寶衣)까지.

십전홍예 율약벽이 그림같이 거기 서 있었다.

허나 그녀의 아름다움 따위, 눈에 들어오지 않았다.

등 뒤로 소름이 쫙 끼쳤다.

타고난 미와 존재감에도 불구하고 일부러 인기척을 낼 때까지 있는지도 몰랐다.

기린지재의 '기 민감성'을 생각하면 율약벽의 진기 수발이 어느 정도 경지에 이르렀는지 알 수 있는 부분이다.

'……진짜 무서운 건 율약벽이 신검황 율무극의 하나뿐

인 손녀라는 거지.'

천하제이검의 손녀인 그녀는 검을 익히지 않았다.

율약벽의 독문무공은 전뢰신기(電雷神技).

뇌령기공이란 잡서상의 뇌정지기를 다루는 기예를 토대로 하나부터 열까지 온전히 스스로의 재능으로 쌓아 올린 예술 작품이다.

이 모든 걸 스무 살이 채 되기 전에 완성했다.

그게 가능했던 이유.

그녀가 바로 '봉황지재'의 소유자였으니까.

무의 재능에서 그녀와 견줄 자는 천하에 존재치 않는, 자타공인 천재들의 천재다.

'……하지만 봉황지재조차 내 기린지재에 미치지 못해.'

그러니 두려워하지 말자.

당당히 가슴을 펴는 거야.

환신의 기개에 율약벽은 의외라는 듯 눈을 크게 떴다.

길가에 굴러다니는 돌을 보는 눈이 아니다.

제대로 사람으로 보고 있었다.

율약벽이 산딸기처럼 붉은 입술을 달싹였다.

"소년 낭인. 이름을 물어도 될까요."

"……환신. 환신입니다."

"좋은 이름이군요."

그녀는 계속 말을 이어나갔다.

"환 소협이 철심수사를 척살하는 과정을 전부 지켜봤어요. 무공 수위는 삼류 정도에 불과하지만 초식에 대한 이해도가 대단하더군요. 참으로 귀한 재능이에요. 특히 마지막 순간 위타장 초식을 파훼하고 철심수사의 등을 베는 과정이 매우 인상 깊었어요. 생채기에 불과한데 어째서 철심수사의 몸이 굳어졌는지는 지금도 의문이지만요."

워낙 먼 거리에서 관측해서 그런가.

태음칠절맥까지 알아보진 못한 모양이었다.

하긴, 맥문을 잡고 직접 진기를 돌려보지 않고서 절맥을 알아차리는 건 거의 불가능에 가까우니 당연하지.

"그 광경을 지켜보면서 한 가지 생각이 들더군요. 어쩌면 환 소협이 내가 보는 것과 같은 걸 보는 건지도 모르겠다고요."

아마도 그렇겠지.

환신은 율약벽을 능가하는 천재였으니까.

"그래서 이런 생각을 하게 됐어요. 광동 같은 무림의 변방에서 저런 재능을 썩혀선 안 된다고. 제대로 된 사부를 모시고 무의 길을 걸어야 한다고 말이죠. 그런 의미에서 환 소협. 나와 함께 천진으로 가요. 천진의 검황가 본가의 원로 중 한 분과 사제지연을 주선하겠어요, 검황가 원로 모두 자운백팔대성에 속하는 초절정고수니 스승으로 모시기에 모자람이 없을 거예요."

그 말에 환신은 두 눈을 부릅떴다.

'자운백팔대성(紫雲百八大星)!'

제천맹 천하를 지탱하는 108명의 초절정고수 집단.

구파일방, 팔대세가, 마도십문, 사도칠가 등으로 대변되는 대세력의 수장, 천강삼십육장(天罡三十六將)!

스스로의 재능과 불굴의 의지로 무를 갈고닦아 초절정고수의 반열에 들어선 무혼(武魂)의 상징, 지살칠십이숙(地煞七十二叔)!

환신은 검황가 원로 전원 지살칠십이숙의 일원이란 사실을 알고 있었다.

"수련을 끝마치면 제천사에 투신하세요. 환 소협 정도 재능이면 몇 년 안에 집법사자가 될 수 있을 거예요."

'……맙소사. 무려 70회차나 무림출도 제천사로 시작했는데도 이런 제안 한 번도 받은 적 없어.'

하긴.

제천사나 청류무사 모두 극초반 광동계투 같은 대규모 튜토리얼 이벤트로 스스로를 증명할 기회 따위 일절 없으니 당연할지도.

본능적으로 이 순간이 분기점임을 깨달았다.

무림출도 낭인에서 제천사로 넘어갈 수 있는 선택지 말이다.

조건 또한 더할 나위 없다.

검황가 원로를 사부로 모시고 검황가와 제천사라는 대세력을 뒷배로 삼을 수 있는 황금 같은 기회.

한 가지 더.

율약벽의 제안을 받아들이면 단숨에 제천맹 권력 깊숙한 곳에 진입할 수 있다.

그 이익은 계산 자체가 불가능한 수준이다.

'제천사라…….'

거부하기 힘든 유혹이었다.

환신이 원한다면 태음칠절맥을 치료하기 위해 양대신의도 불러주겠지.

물심양면으로 지원해 줄 거다.

그 이익에 비하면 청류무사와의 기나긴 암투와 제천맹 내부 권력 투쟁 따위, 감수할 만했다.

이미 수도 없이 겪어 익숙하기도 했고.

그때.

등 뒤로 느껴지는 묵직한 무게감.

왕힐의 시신이다.

이빨을 꽉 깨물었다.

자신을 위해 목숨을 내던진 사람.

이 사람을 놔두고 대체 누굴 사부로 모실 수 있을까.

'……그럴 수 없지.'

마음을 다잡고 율약벽을 보며 고개를 저었다.

"거절하겠습니다."

순간 율약벽의 동공이 살짝 흔들렸다.

우스웠다.

철심수사를 척살하고도 느끼지 못했던 승리감을 지금 이 순간 느끼고 있는 자기 자신이 말이다.

환신이 거절할 거라 상상조차 못 했는지 율약벽이 되물었다.

"어째서죠? 기라성 같은 영걸들조차 이런 제안을 받은 경우는 극소수에 불과해요."

그 물음에 가슴을 펴고 당당히 말했다.

"간단합니다. 내 사부는 과거에도 미래에도 오직 한 분. 광동 출신 낭인 왕힐뿐이니까요."

율약벽은 환신을 한참 동안 응시했다.

환신 역시 지지 않고 그녀의 눈을 바라보았다.

그녀는 결국 한숨을 내쉬며 입을 열었다.

"……사제지연이라. 여전히 이해하기 어렵군요. 이런 기회는 절대 흔한 게 아닌데."

환신 역시 잘 알고 있었다.

믿는 구석이 없었다면 율약벽의 제안을 받아들였겠지.

하지만.

'기린지재와 내 머릿속에 존재하는 수많은 기연이라면…….'

가능하다.

변방에서 힘을 키워 무림의 중심으로 나아가 자신만의 세력을 일구는 게 말이다.

제천사와 청류무사처럼 거대한 뒷배에 흔들리는 일 없이, 오직 자신만의 길을 걷는다.

낭인만의 장점이었다.

'이 재능이면 시작부터 거대 세력에 소속되는 건 오히려 족쇄일지도 몰라. 실컷 이용만 당할지도 모르지.'

어쩌면…… 왕힐이 준 가장 큰 선물은 이 무한한 자유일지도 모른다.

환신이라는 천재가 강호를 마음껏 노닐 수 있게 해주는 자유.

율약벽이 몸을 돌렸다.

속으로 안도의 한숨을 내쉬었다.

그녀가 자타공인 '정의의 사도'라 다행이다.

마도나 패도 성향이었으면 억지로 끌고 갔겠지.

정도 성향인 철심수사조차 그럴 기세였으니.

율약벽이 힐끔 환신을 보며 말했다.

"인연이 닿으면 언젠가 다시 보겠죠. 그럼 안녕히."

-스팟! 파지지직!

자주색 전류와 함께 그녀의 신형이 신기루처럼 일렁이며 천천히 사라졌다.

초절정고수의 전매특허.

이형환위(移形換位)다.

"……율약벽의 보신경 섬전행(閃電行). 저걸 두 눈으로 직접 보게 될 줄이야."

무공 수위가 낮아서 그런가.

기린안의 공능에도 불구하고 섬전행의 원리에 대해 1도 알 수 없었다.

그럼에도 입가에 미소가 지어진다.

진정 실감했다.

자신이 이 세계를 현실로 받아들이고 있음을 말이다.

❁

광주 성도 밖 양지바른 야산에 조성된 무덤군.

본래 불산엽가 소유였으나 이번 계투에서 전사한 낭인과 소작농의 장례를 위해 흔쾌히 내놓았다.

이런 관대함이야말로 수백 년간 광동 땅에서 큰 영향력을 행사할 수 있는 원동력이겠지.

환신은 한 무덤 앞에서 절했다.

한 번.

두 번.

……아홉 번.

사제지연을 맺을 때 행하는 구배지례다.

누런 지전에 불을 붙여 태웠다.

재가 바람을 타고 하늘 높이 훨훨 날아오른다.

그 광경을 지켜보며 조용히 입을 열었다.

"구배가 늦어서 죄송해요. 대신…… 약속드릴게요. 드넓은 강호에 우뚝 설 거라고. 그리고 온 천하가 알게 될 거예요. 나 환신의 하나뿐인 사부가 바로 낭인 왕힐이라는 것을요."

마지막으로 반절과 함께 몸을 돌렸다.

이곳에 돌아온다면…… 아마도 무림의 정점에 오른 후겠지.

그렇게 야산을 내려오는데 익숙한 얼굴과 마주쳤다.

"어?"

광동삼살이었다.

추룡이 술병을 들어 올렸다.

"어이, 애송이! 왕 노야 무덤이 이쪽이냐?"

"……예. 위로 쭉 올라가시면 돼요."

추룡이 씁쓸한 얼굴로 고개를 끄덕이며 말했다.

"왕 노야가 이리도 허무하게 가실 줄이야. 애송이 낭인 시절 왕 노야께서 우리 삼형제를 참 알뜰히도 챙겨주셨지. 우리 형제뿐만이 아니다."

그가 손을 들어 엄지로 자신의 뒤를 가리켰다.

"아……."

수백에 이르는 낭인들의 행렬.

하나같이 술병 하나씩 들고 왁자지껄 떠들썩하게 왕힐의 무덤으로 향하고 있었다.

한 명 한 명 왕힐과 자신만의 이야기를 품은 자들이겠지.

왕힐은 말 그대로 광주 낭인들의 '왕버지'였다.

"좋은 사람이 세상을 떠났어. 우리가 할 수 있는 건 무덤가에 앉아 술 한 잔 바치는 것뿐. 그게 낭인이란 족속이지."

퉁명스러운 어투 속에 숨겨진 정은 진심이다.

환신은 생사고락을 함께한 광동삼살이라는 상남자들이 점점 좋아졌다.

동시에 낭인 역시 말이다.

'그래, 결심했어. 광동삼살을 반드시 영입해야지.'

다가올 난세에 자신의 세력을 이끌 핵심 인재로 말이다.

정중히 포권하고 자리를 떴다.

"애송이!"

고개를 돌리자 무언가 날아와 얼떨결에 받았다.

묵직한 주머니였다.

열어보니 안에 말발굽 모양의 은원보가 10개나 들어 있었다.

"이, 이건……?"

당황하는 환신을 보고 추룡이 외쳤다.

"우리 형제가 주는 포상이다! 네가 아니었으면 철심수사한테 다 죽었을 거야! 넣어둬!"

"아……."

누군가에게 인정받는 경험은 어쩜 이리도 짜릿한 걸까.

그게 저 무뚝뚝한 상남자들이라면 더더욱!

"이봐, 애송이! 은도 두둑이 챙겼겠다, 어디로 가는 거냐!"

그 물음에 짧게 한마디 남겼다.

"남해요!"

그곳에 환신이 찾는 기연이 있다.

현재 자신의 상황에 딱 들어맞는, 무의 최고 경지 '삼천경(三天境)'에 이를 수 있는 절세무공이 말이다.

6장
개금비

한창 왕힐의 장례를 준비하던 시기.

환신은 자신의 미래에 대해 깊이 고민하는 시간을 가졌다.

답은 처음부터 정해져 있었다.

기연을 찾으러 떠난다.

하지만 이런 고민이 생겼다.

기연의 획득 여부와 그 과정에서 하게 될 개고생은 잠시 옆으로 치우고.

과연 어떤 기연을 얻어야 할까?

'제천'의 세계에는 셀 수 없이 많은 무공이 존재한다.

큰 테두리에서 권장각으로 대변되는 맨손 무공과 검도창의 병기 무공으로 나뉘는데 이조차 셀 수 없는 파생 무공을 낳는다.

여기에 내공을 쌓는 운기토납법, 경력을 다루는 내가기

공까지.

이렇게 조합된 무공이 한 명의 무인을 탄생시키는 것이다.

무공의 종류가 수천 개도 넘는 만큼 기연 역시 그에 비례해 존재했다.

그럼 이 중 무엇을 익혀야 될까?

'제천' 커뮤니티엔 언제나 댓글 수천 개씩 달리는 논쟁거리가 하나 있었다.

바로 최강 무공 메타 논쟁!

어떤 메타를 타야 무공 천하제일이 될 수 있을까.

누구나 관심 가질 법한 유치한 '최강 논쟁'이다.

'하지만 최강 논쟁…… 재밌잖아?'

환신 역시 '제천' 썩은물인 만큼 무공 메타에 대한 자신만의 확고한 철학이 있었다.

그의 주력 전투 스타일은 수공(手功)에 기초한 제로 거리 초근접 박투였다.

적과 코가 닿을 거리에서 살벌하게 초수를 겨루며 맛보는 짜릿한 스릴은 '제천' 최대 장점이었다.

특히 커뮤니티에도 공개하지 않은 '그 무공'을 얻는 기연을 발견한 후 더욱 그랬다.

허나 이 세계로 넘어온 지금.

생각이 180도 달라졌다.

화면상으로 캐릭터를 조종하는 것과 직접 무기를 휘두

르는 것.

그 결과 사방으로 피와 살이 튀고 멀쩡한 사람이 죽어 나간다.

둘 사이엔 필설로 형용할 수 없는 간극이 존재했다.

광동계투 이후 태음칠절맥의 공능인 냉철한 이성으로도 감당하기 힘든 심적 고통에 시달렸다.

일종의 외상 후 스트레스 장애(PTSD)다.

이곳을 또 하나의 현실로 받아들이고 나자 더더욱 그랬다.

향후 강적들과 사투를 벌여 승리하기 위해 반드시 근접 박투를 익혀야만 했다.

그럼에도 당장은 피하고 싶은 게 솔직한 심정이다.

조금 더 피를 보는 데 익숙해진 후에…….

그때 익혀도 늦지 않다.

환신은 기린지재의 소유자였으니까.

현실적인 문제도 있었다.

'선금으로 받은 은원보 1개에 승리 수당으로 받은 은원보 3개, 여기에 추룡이 포상으로 준 10개까지 총 은원보 14개론 그 기연이 있는 곳까지 가는 건 어림 반 푼어치도 없지.'

이 지점에 환신이 최초로 얻을 기연의 지향점이 드러난다.

가급적 피를 직접 보지 않는, 먼 거리에서 사용 가능한 원거리 무공.

먼저 떠올린 건 궁술이다.

하지만 궁술은 익히기 까다로운 건 둘째 치고 활 관리가 어렵다.

철궁 역시 마찬가지.

밀폐된 장소에서 전투가 벌어질 경우 극심한 손해를 감수하고 전투에 임할 수밖에 없었다.

그럼 암기술은 어떨까?

이건 꽤나 그럴싸하다.

허나 일일이 암기를 준비하는 게 너무 번거로웠다.

암기를 공급해 줄 세력을 등에 업거나 스스로 제작하는 기술을 익히면 모를까.

돈도 돈이지만 그럴 시간 따위 전혀 없다.

태음칠절맥의 페널티로 남은 수명은 고작 3년.

무공 익히기도 바쁘다.

중요한 건 결국 '거리'였다.

무림인 간의 공방에선 거리를 지배하는 자가 더 높은 승률을 가져간다.

다윗과 골리앗의 싸움을 생각해 보자.

거인 골리앗을 상대로 다윗이 승리할 수 있었던 건 거리를 지배했기 때문이다.

여기서 암기술보다 좀 더 근원적인 거리 지배 기술이 등장한다.

바로 돌팔매질, '투술(投術)'이다.

여기까지 생각하자 환신의 머릿속에 퍼뜩 한 가지 무공이 떠올랐다.

최종장까지 대활약을 펼치는 절대고수가 사용한 무공.

'제천'의 수많은 무공 중 가장 원초적이고, 강력하며, 만능에 가까운 범용성을 지닌 투술.

바로 개금비(蓋金飛)란 무공이었다.

비도, 화살, 암기, 도끼 등등.

손에 들고 던질 수 있으면 길가의 돌멩이로도 전개 가능하다.

그럼에도 위력은 파천황 그 자체.

허나 투술이 전부가 아니다.

'삼천경'에 이를 수 있는 강력한 내가기공과 표적을 정확히 탐지하는 감각도(感覺道), 투술에 필수적으로 따라붙는 최상급 보신경까지.

'개금비를 익힌 적이 치고 빠지는데 상대하기 까다로워 미치는 줄 알았지.'

천라지망을 펼쳐놓고도 항상 놓치니 억울하기 짝이 없는 노릇이다.

현재의 자신에게 딱 맞는 무공이었다.

그런 개금비 기연이 잠들어 있는 곳.

바로 광동성 남쪽에 위치한 남해의 한 작은 무인도였다.

'제천' 세계관에서 성 밖은 말 그대로 무법천지다.

어설프게나마 무공을 익힌 마적, 화적 등 도적 떼는 물론이고 야생동물까지 여행자와 상행을 위협한다.

제천맹 분타 소속 무사나 관군이 순찰을 돌지만 관도를 관리하는 게 전부다.

이류와 삼류의 경계에 걸친 환신 역시 혼자서 성 밖을 헤매는 건 무리였다.

하루에 일곱 번 절맥 발작에 시달리는 상황에선 더더욱.

환신은 광주 낭시 거간꾼의 도움을 받아 광동성 최남단에 위치한 오문이란 어촌 마을로 향하는 불산엽가 상행에 낄 수 있었다.

이번 상행엔 광동계투에 참가한 낭인도 제법 있었는데 당연히 환신에 대해 알고 있었다.

철심수사 척살에 큰 공을 세운 소년 낭인 하면 다 아는 거다.

소문이 빠른 업계였다.

덕분에 텃세에 시달리지 않았으니 다행이지 뭐.

상행 첫날.

당연하다는 듯 마적 떼의 야습이 있었다.

-삐이이익!

고참 낭인이 호각을 불자 덮고 있던 모포를 집어 던지고 자리에서 벌떡 일어났다.

품에 안고 있던 도갑에서 유엽도를 뽑으며 빽 소리쳤다.

"내 이럴 줄 알았다! 빌어먹을 도산검림 모드!"

십여 기의 마적 떼는 상당한 전력이지만 불산엽가 상행을 지키는 건 광동계투에 참여했던 낭인들이다.

하나같이 수만 병력이 격돌하는 전쟁에서 살아남은 역전의 용사.

마적 떼의 습격에 휘둘릴 리 없었다.

특히 환신의 활약이 대단했다.

낭인과 상대하는 마적의 빈틈을 노려 팔다리에 적당히 상처를 입혔다.

그걸로 충분했다.

나머지는 낭인들이 알아서 처리했으니까.

유엽도가 마적의 몸을 스치고 지나갈 때 튀긴 피와 유엽도에 묻은 찐득한 인간 기름을 면포로 닦는데 문득 끔찍한 기분에 사로잡혔다.

'……역시 개금비가 필요해.'

도적 떼의 공격은 시작에 불과했다.

관도를 따라 오문으로 가는 와중 하루에도 두세 번 습격에 시달렸다.

칼을 휘두를 때마다 개금비에 대한 열망은 점점 커져만 갔다.

열흘간의 여정 끝에 무사히 오문에 도착했다.

저 멀리 관도 끝에 어촌 마을이 보이자 절로 안도의 한숨을 내쉬었다.

"하아, 광동에서도 이 고생인데 장강에 가면……."

장강 일대에는 제천팔패의 일익인 '장강수로맹(長江水路盟)'이 버티고 있다.

달리 '장강수로십팔채'라고도 불리는 장강수로맹은 중원 경제의 핵심 중의 핵심인 장강 협류 열여덟 곳을 점거하고 있었다.

또 산하에 수천에 이르는 중소 규모 수적 떼를 거느리고 있으니 위험하기 짝이 없다.

일부러 만들어놓은 듯한 그림 같은 우범 지대였다.

오문에 입성해 불산엽가 소유 창고에 도착했다.

환신은 상행을 기다리는 자들을 확인하고 눈을 휘둥그레 떴다.

"……백인이잖아."

호기심을 참지 못하고 고참 낭인에게 다가가 물었다.

"저 사람들 누구죠?"

"응? 아, 홍모귀? 하긴. 신기할 거야. 나도 처음 보고 얼마나 놀랐는지."

꽤나 수다스러운 낭인이 주절주절 이야기를 풀어나갔다.

"저들은 포도아란 서역 나라 사람인데 집채만 한 배를 타고 저 멀리 바다를 건너왔지. 근데 이 홍모귀들이 비단이나 차, 도자기 같은 사치품만 보면 아주 환장하는 거야. 어떻게든 사려고 안달복달이지. 그런데 은은 또 어찌나 많은지 물건을 가져오는 족족 사간다 이 말이야. 덕분에 홍모귀는 불산엽가의 중요한 수익처로 자리 잡았지. 우리가 호위한 상행도 홍모귀에게 넘길 사치품이 대부분이고."

"아하, 그렇군요."

"그러고 보니 홍모귀들이 포정사사 대인께 어마어마한 은을 바쳐 섬을 하나 받고 거기에 항구를 만들었어. 요 몇 년 사이 남해 해적을 핑계로 요새까지 건설했다던데. 하등 쓸모없는 섬이라지만 어찌 황토(皇土)를 홍모귀에게 팔아먹을 수 있는지 원. 카악, 퉤!"

고참 낭인은 부패한 관리를 떠올리며 바닥에 침을 뱉었다.

그 이야기를 듣고 퍼뜩 한 가지 정보가 떠올랐다.

광동이 비록 무림의 변방 중 변방이지만 이상하게도 점령하고 나면 마르지 않는 화수분처럼 엄청난 자금을 토해냈다.

워낙 비중이 떨어지는 지역이라 수하를 보내 점령한 후엔 신경도 쓰지 않았는데.

이런 비밀이 숨어 있을 줄이야.

상행 중 제법 친분을 쌓은 낭인들과 작별 인사를 나누고 부두로 향했다.

부두에는 어선이 제법 많았는데 개중 가장 큰 어선 쪽으로 걸음을 내디뎠다.

늙수그레한 어부가 갑판 위에서 그물을 다듬고 있었다.

"저기……."

"응? 무슨 일인가."

"혹시 배를 빌릴 수 있을까요?"

"내 배를?"

"예. 가고 싶은 곳이 있거든요."

"거기가 어딘데."

"혹시 삼룡와류라고 아세요?"

"뭐? 삼룡와류?!"

화들짝 놀란 어부가 들고 있던 그물을 갑판에 집어 던졌다.

"거, 거길 왜 가겠다는 거야!"

"볼 일이 있어서……."

"안 돼! 혹시라도 거기 갔다 와류에 휘말리면 뼈도 못 추려!"

이럴 줄 알고 준비했지.

"저기, 이거……."

환신은 품에서 말발굽 모양 은원보 하나를 꺼냈다.

어부의 눈이 휘둥그레졌다.

하지만 눈을 질끈 감더니 고개를 저었다.

"그래도 안 돼."

"여기 하나 더 있는데."

은원보 한 개를 더 꺼내 총 두 개를 내밀자 어부의 눈동자가 탐욕으로 물들었다.

그럴 수밖에.

일반 양인 가족 1년 생활비로 은원보 한 개면 뒤집어쓴다.

위험을 감수하면 2년 치 생활비를 한 번에 벌 수 있는 기회였다.

항상 생계에 쪼들리는 가장에게 달리 선택지가 있을까?

"……타게."

"감사합니다!"

환신이 갑판에 오르자 어부가 줄을 잡아당겼다.

돛이 활짝 펴진다.

어선은 바람을 타고 빠른 속도로 대양을 향해 나아갔다.

곧 남해의 아름다운 풍광이 펼쳐졌다.

모처럼 여유로운 기분을 만끽했다.

'……하지만 방심해선 안 되지.'

남해에는 복건성 인근 해안가를 중심으로 활동하는 해

적단이 자주 출몰하는데 가끔 어촌 마을도 습격할 정도로 아주 호전적이다.

게임상에 해적 토벌 서브 퀘스트 형식으로 등장하곤 했다.

하지만 진짜 무서운 건 따로 있었다.

자운백팔대성의 일인이자 마도 계열 초절정고수가 대만섬을 지배하고 있었는데 이자가 진짜 바다의 주인이었다.

'이놈의 세계는 도처에 괴물이 깔려 있다니까.'

그만큼 '제천'은 거대한 세계관을 자랑한다.

덕분에 푹 빠져들었던 거지.

반나절 정도 배를 몰고 가자 수십 개의 암초가 우후죽순처럼 모여 있는 암초군에 도착했다.

그곳에 압도적인 광경이 펼쳐졌다.

-쿠콰카카카카카!

수십 개의 암초 사이로 흐르는 조류가 겹치고 겹쳐 탄생한 세 개의 거대한 소용돌이.

저 소용돌이에 휘말리면 수면 아래 암초와 산호초 군락에 배는 물론이고 인간의 육체까지 산산이 짓이겨져 핏물로 전락할 게 분명했다.

그야말로 바다 한가운데 있는 거대한 맷돌이었다.

"아이고, 용왕님!"

어부는 하얗게 질린 얼굴로 삼룡와류를 향해 연신 절을 바쳤다.

수차례 절을 한 후 고개를 들고 환신에게 물었다.

"이, 이제 어떻게 할 작정인가."

"여기까지 왔으니 됐어요. 돌아가세요."

품에서 은원보 두 개를 꺼내 어부에게 던졌다.

어부가 은원보를 받고 기뻐하자 피식 웃음을 흘렸다.

환신은 삼룡와류를 응시하며 깊이 숨을 들이마셨다.

절로 온몸이 떨려온다.

당연했다.

이제 정말 목숨을 걸어야 했으니까.

"가자!"

어선 밖으로 몸을 던졌다.

-첨벙!

시커먼 파도가 환신을 집어삼켰다.

'으윽!'

바닷속에 뛰어들자 조류에 의해 소용돌이 쪽으로 급격히 끌려갔다.

환신은 오히려 소용돌이 쪽으로 자맥질했다.

조류가 점점 빨라진다.

소용돌이에 진입하자 저 멀리 암초와 산호초 군락이 보였다.

그 순간 삼재기공을 운용했다.

전신 혈맥을 따라 공력이 차오르자 신체에 이변이 일어

났다.

온몸의 뼈와 근육, 내장, 피부 등이 무두질한 가죽만큼 단단해졌다.

철골금강지체 발동이다.

육체가 단단해지는 게 전부인 그저 그런 고유급 특성이지만 이 순간만큼은 더할 나위 없이 유용했다.

허나 내공을 연마한 기간이 얼마 되지 않아 아직 질긴 가죽 정도가 한계였다.

바로 그 순간.

'으악!'

엄청난 속도로 다가오는 암초!

아니, 환신의 육체가 암초를 향해 돌진하는 것이다.

사고가 가속된다.

본능적으로 칠성권법의 권초에 따라 내공을 실어 주먹을 뻗었다.

-콰쾅!

몸을 옆으로 튕겨 가까스로 피했다.

'아파!'

맨손으로 단단한 암초를 때렸으니 아프지 않으면 오히려 이상하지.

주먹에 실린 권경과 철골금강지체의 공능으로 다행히 뼈가 아작 나는 불상사는 피할 수 있었다.

손의 살점이 왕창 뜯겨져 나간 게 전부.

이 정도 대가를 치르지 않았으면 암초에 전신이 짓이겨졌겠지.

그게 전부가 아니었다.

삼룡와류를 이루는 세 개의 소용돌이가 교차하는 곳.

그곳에 진입하자 어마어마한 조류가 환신의 육체를 사방으로 잡아끌었다.

거인이 온몸을 당기는 것 같은 고통이다.

'끄으엑! 주, 죽을 거 같아!'

조류가 빨라지고 이번엔 날카로운 산호초 지대를 통과했다.

미친 듯이 권각을 내질러 산호초를 쳐냈다.

그럼에도 전신이 피범벅이 되는 걸 피하지 못했다.

산호초에 꿰뚫려 죽지 않은 것만으로도 천운이 따로 없었다.

'버, 버텨야…….'

그게 올 때까지.

조금만 더!

바로 그때.

'크으으윽!'

극한의 한기를 품은 태음지기가 실톱처럼 경맥을 타고 흐르며 지옥 같은 고통을 불러일으켰다.

평소 같으면 절맥 발작이 일어나자마자 욕지거리를 내뱉었겠지만 이번만큼은 다르다.

이 고통이 반가웠던 적은 정말이지 처음이었다.

태음칠절맥 발작이 일어나자마자 필사적으로 운기조식을 취했다.

그러자 이변이 일어났다.

태음지기가 공력과 융합해 철심수사를 상대했을 때처럼 외부로 한기를 발산하기 시작한 것이다.

천지간에 가장 음한한 기운.

태음지기가 순식간에 무지막지한 냉기를 만들어냈다.

-쩌적! 쩌저적!

온도가 극도로 떨어져 원자 운동이 사그라들자 환신 주변 바닷물 역시 순식간에 얼어붙었다.

얼음 속에 갇혀 버렸다.

온몸을 뒤덮은 얼음덩어리 덕분에 암초와 산호초가 더 이상 환신을 상처 입히지 못했다.

그럼에도 운기조식을 멈추지 않았다.

이대로 얼음덩어리 속에서 숨 막혀 죽을 순 없는 노릇 아닌가.

곧장 삼재기공상의 귀식대법(龜息大法)을 전개했다.

천천히 심장 박동이 느려지고 혈관을 타고 흐르는 피의 운행이 멈추며 가사 상태에 빠져들었다.

단전을 중심으로 흐르는 내공이 생명을 유지시켜 주었다.

환신의 의식이 천천히 어둠 속으로 빨려들어 갔다.

"끄아아아악!"

전신 혈관을 칼로 도려내는 듯한 무지막지한 고통에 몸을 벌떡 일으켰다.

그리고 언제나처럼 바닥을 나뒹굴었다.

"악! 으아아악!"

차 한 잔 마실 시간이 지나고.

절맥 발작이 귀신같이 멈췄다.

"허억! 허억! 하아아. 여, 여긴 어디……."

겨우 정신을 차리고 주변을 두리번거렸다.

옆에 굴러다니는 얼음덩어리를 보고 다시금 태음지기의 위력을 실감했다.

"……그러고 보니 빙공 계열 무공 기연이 어디 숨어 있더라."

태음지기를 활용하면 무림을 진동시키는 빙공 고수가 될 수 있지 않을까?

아님 말고.

다시 주위를 둘러보는데 자기도 모르게 두 눈을 크게 떴다.

초승달 모양의 백사장이 장엄하게 펼쳐져 있었다.

그림같이 아름다운 광경.

환신은 직감했다.

제대로 찾아왔음을.

기쁨을 감추지 못하고 자리에서 일어나 방방 뛰었다.

"젠장! 좋았어! 성공이다! 우하하핫!"

개금비 기연을 얻으려면 남해의 삼룡와류에 몸을 던져 살아남아야 했다.

그럼 조류를 따라 기연이 숨겨진 섬에 표류하게 된다.

하지만 삼룡와류에서 살아남는 건 절정고수라도 쉬운 일이 아니었다.

검기로 암초와 산호초를 다 깨부수거나 금종조, 철포삼 같은 외문무공으로 전신을 강철처럼 단단히 만들어 소용돌이 속에서 살아남는 수밖에 없다.

이 모든 게 현재의 환신에겐 불가능한 일이었다.

그럼에도 기연에 도전한 것은 태음칠절맥을 믿어서였다.

태음지기로 주변 바닷물을 얼음덩어리로 만들면 살아남을 수 있지 않을까.

그럼 고작 이류와 삼류 중간 정도에 불과한 현재의 무공 수위로도 개금비 기연에 도전할 수 있다.

약간의 도박 수가 있었지만 환신의 의도는 멋지게 들어

맞았다.

"흐흐, 무공 경지만 높다고 기연을 얻을 수 있는 게 아니거든. 약간의 눈치와 적절한 이간질, 얌체 같은 꼼수가 필수지."

수많은 기연을 수확한 환신만이 할 수 있는 말이었다.

"자, 그럼 차근차근 개금비를 찾아보실까."

자리에서 일어났다.

개금비 기연에 관해선 기연 게시판에 올라온 정보를 토대로 어느 정도 알고 있었다.

하지만 이름 없는 섬에 들어오고 탈출하는 방법이 전부였다.

"섬 안 어딘가에 있는 석실에 기연이 잠들어 있다고 했지, 아마? 석실에 대한 자세한 위치는 기억 안 난다며 생략했고."

개금비 기연이 '제천' 플레이어들에게 발견된 건 이 세계에 빨려 들어오기 불과 한 달 전.

초반에 얻지 않으면 사라져 버리고 또 근접 박투 메타를 고수했기 때문에 한 번도 얻지 못했다.

이 섬에 온 것 역시 99회차 플레이 동안 이번이 처음이었다.

"섬 안을 싹 뒤져야겠네."

문득 백사장 너머 섬 안쪽을 응시했다.

하얀 김을 뿜고 있는 휴화산을 중심으로 울창한 야자수와 정체를 알 수 없는 식물들로 가득한 밀림이 쫙 펼쳐져 있었다.

밀림 안은 햇볕 한 줌 안 드는지 칠흑처럼 어두컴컴했다.

문득 개금비 기연 게시물 작성자가 한 말이 떠올랐다.

이름 없는 섬 안쪽 밀림에는 흉악한 맹수가 우글거리니 수색하려면 고생 좀 할 거라고.

새삼 그 말이 무겁게 다가왔다.

"……그래도 바다랑 숲이 있으니 식량 구할 걱정 하난 덜었네."

바로 그때.

어두운 밀림 속에서 시뻘건 빛이 번뜩였다.

짐승의 눈동자다.

그림자 속에서 슬그머니 무언가 모습을 드러냈다.

덩치가 송아지만 한 늑대였다.

-으르르릉!

늑대는 환신을 응시하며 사납게 울음을 터뜨리곤 다시 어둠 속으로 사라졌다.

"……시발."

허리에 찬 유엽도를 만지작거리며 이를 악물었다.

타고난 반골 기질이 스멀스멀 올라온다.

"그래. 조금만 더 고생하자. 개금비 얻으면 꿀 빨 수 있다고.”

어떻게든 날로 먹겠다는 일념 하나로.

개금비에 대한 탐욕을 다시금 드러내는 환신이었다.

우선 밀림 주변 나뭇가지를 모아 바람과 비를 피할 오두막을 만들기 시작했다.

언제까지 이 섬에 있을지 모르지만 원활한 기연 탐색을 위해 안전한 거처는 필수였다.

오두막을 짓는 데 다시 한번 태음칠절맥으로 극대화된 지능이 한몫했다.

밀림에서 며칠간 생활하는 예능을 본 기억이 새록새록 떠오른 것이다.

거기서 본 대로 나뭇가지와 야자수 잎 등을 이용해 그럴싸한 오두막을 지을 수 있었다.

오두막 앞에 땅을 파고 마른 나뭇가지를 모아 기름 먹인 가죽 주머니에 넣어온 부싯돌을 이용해 불을 붙여 모닥불을 피웠다.

오두막이 준비되자 곧장 야자수 나무를 타고 올라갔다.

내공을 이용해 손쉽게 올라갔다.

야자수 몇 개를 따 아래로 던졌다.

훌쩍 뛰어내려 유엽도로 야자수 뚜껑을 땄다.

-뽁!

찰랑거리는 야자수 과즙이 보인다.

그대로 과즙을 들이켰다.

“크으! 이 맛이지!”

백사장 인근에 끝도 없이 널린 게 야자수 나무다.

식수를 찾을 때까지 음료 걱정은 끝이다.

야자수 과육을 손으로 파내서 먹었다.

제법 맛났다.

“하지만 사람이 과일만 먹고 살 순 없잖아?”

고기가 필요하지!

나뭇가지를 깎아 길쭉한 작살을 만들었다.

대충 모양이 잡히자 남태평양의 아름다운 푸른 파도 속으로 뛰어들었다.

곧장 물속을 탐색했다.

‘기린안 발동!’

기의 흐름이 선명히 보인다.

당연히 물고기가 발산하는 기 역시 보였다.

‘거기냐!’

작살에 경력을 실어 집어 던졌다.

엄청난 회전력으로 물의 저항을 가른 작살이 물고기 몸통을 꿰뚫었다.

작살을 잡고 물 위로 올라왔다.

"푸하! 흐흐, 낚시 별거 없네."

같은 방식으로 몇 마리 더 잡아 오두막으로 돌아왔다.

모닥불에 넓적한 돌을 가져다 놓고 그 위에 물고기를 구웠다.

노릇노릇 잘 익은 물고기 살을 한입 크게 베어 물었다.

"캬아! 꿀맛이 따로 없구만!"

그렇게 남태평양의 아름다운 휴양지에 놀러 온 기분을 만끽했다.

야자수 과즙을 들이키며 물고기를 먹고 대충 뒷정리한 후 백사장에 가서 조용히 누웠다.

"……시간이네."

전신을 삼키는 절맥 발작의 고통!

"끄으으으윽!"

백사장을 뒹굴며 삼재기공을 운용해 어떻게든 고통을 줄였다.

이 고통은 도무지 익숙해지지 않는다.

극심한 고통과 함께 마음 한편에 독기가 치솟았다.

'……시발! 휴양지는 무슨! 하루라도 빨리 양대신의 찾으러 간다!'

절맥 발작이 진정되자 몸을 덜덜 떨며 오두막으로 기어들어 갔다.

야자수를 덮고 조용히 잠들었다.

다음 날.

새벽에 다시 한번 절맥 발작을 겪고 선잠 약간 잔 후 일어났다.

"……이 빌어먹을 생활에 점점 익숙해지고 있어."

그게 더 짜증 났다.

이딴 세상에 점점 적응하는 자신이 말이다.

간단히 과일로 배를 채우고 유엽도를 등에 멨다.

마음을 다잡았다.

"좋아!"

밀림으로 걸음을 내디뎠다.

개금비 기연이 잠들어 있는 석실을 찾기 위해 말이다.

보름 후.

-콰악!

-깨갱! 깨개갱!

유엽도에 옆구리를 베인 늑대가 울음소리를 터뜨렸다.

동시에 육합도법 투로에 따라 경력이 담긴 유엽도가 늑대의 목을 스치고 지나갔다.

피가 솟구치며 늑대가 바닥에 쓰러졌다.

즉사였다.

"허억! 허억! 아씨, 아파!"

서둘러 종아리를 걷었다.

늑대 이빨 모양으로 빨갛게 부어 있었다.

"……철골금강지체 은근 쓸 만하단 말이야. 그거 아니었으면 아예 뚫렸을 텐데."

지난 보름간 죽을 고생을 했다.

이름 없는 섬은 환신이 생각했던 것보다 훨씬 넓었다.

뛰어난 머리로 섬 전체 지형을 외우고 바위나 나무에 표시를 해나가는 식으로 점차 탐색 범위를 넓혔지만 아직 채 오분의 일도 하지 못했다.

밀림 안 환경은 인간에게 적대적이다.

늑대 따위 발에 차였다.

그보다 더한 포식자도 넘쳐났다.

나뭇가지 위에서 은밀하게 목덜미를 노리고 짓쳐들어오는 표범이나 무리를 지어 몰려다니는 식인 원숭이, 피에 굶주린 살인 곰 등 흉포한 포식자가 환신을 위협했다.

여기서 끝이 아니다.

야생동물 따위 1분 만에 뼈도 안 남기고 먹어 치우는 수백만 마리에 달하는 불개미 지대와 어두운 나무 사이를 오가는 주먹만 한 말벌 떼는 공포 그 자체.

여기에 셀 수 없이 많은 독물들까지.

환신이 살아남을 수 있었던 것은 오직 기린지재 덕분이다.

시시각각 발전하는 무공은 어느덧 이류의 경지를 넘보고 있었다.

밀림에서 생존하는 것 자체가 무공 수련이나 마찬가지였으니까.

탐색 과정에서 야생동물의 뒤를 밟아 생존에 필수적인 작은 샘과 식용 가능한 과일 등을 추가로 발견했다.

하지만 기연이 잠들어 있는 석실의 행방은 여전히 묘연했다.

슬슬 마음이 조급해진다.

"……하아. 언제까지 이 빌어먹을 섬에서 썩어야 하는 거지."

깊은 한숨을 내쉴 때였다.

-그르릉!

"또 늑대야? 이놈이랑 같은 무린가."

환신은 소리가 들린 쪽으로 은밀히 움직였다.

이럴 땐 먼저 습격해서 멱을 따는 게 장땡이다.

가혹한 밀림 환경에 완전히 적응한 환신이었다.

"……어?"

그곳에서 늑대 한 마리가 조용히 풀을 뜯고 있는 새끼 노루를 노리고 슬금슬금 다가가는 광경을 목격할 수 있었다.

늑대가 새끼 노루에게 달려들려는 찰나.

얼떨결에 늑대를 향해 몸을 날렸다.

곧장 유엽도에 경력을 밀어 넣고 휘둘렀다.

-좌악!

늑대는 야생의 본능으로 펄쩍 뛰어 유엽도를 피했다.

허나 연속적으로 초식을 구사하자 감당 못 하고 '깨갱' 소리와 함께 목이 베여 바닥에 풀썩 쓰러졌다.

어쩔 수 없다.

살려 보내면 무리를 이끌고 몰려올 게 뻔했으니까.

"젠장. 나도 모르게 손이 나갔네."

고개를 돌려 바들바들 떨고 있는 새끼 노루를 보았다.

"아, 몰라!"

어서 가라고 손을 휘휘 저었다.

새끼 노루는 많이 놀랐는지 비틀비틀 일어나 숲 한쪽으로 절뚝거리며 걸어갔다.

"음……."

저대로 내버려 두면 다른 포식자의 좋은 먹잇감이 되겠지.

기껏 살려놨는데 그건 아무래도 찝찝했다.

"안 되겠어."

이래서 물에 빠진 걸 구해주면 팬티까지 벗어줘야 되는 건가?

환신은 새끼 노루 뒤를 쫓아갔다.

중간중간 달려드는 야생동물을 처리하며 말이다.

얼마 후 숲속 구석에 도착했다.

작은 공터에서 노루 가족이 평화롭게 풀을 뜯고 있었다.

새끼 노루가 후다닥 가족의 품으로 달려갔다.

노루 가족이 새끼 노루 몸을 핥으며 반갑게 맞이한다.

"……좋은 일 한 거 같아서 뿌듯하긴 하네."

이럴 땐 자신의 멋진 모습을 즐기며 미련 없이 돌아서야지.

정해둔 수색 범위가 남아 있으니 마저 탐색해야겠다.

그렇게 생각하고 있는데.

"……어?"

불현듯 위화감을 느끼고 고개를 휙 돌린다.

환신이 응시한 곳은 노루 가족이 놀고 있는 공터 옆 작은 구릉.

수풀로 뒤덮인 공간이다.

거기 삐쭉 돌이 하나 튀어나와 있었다.

헌데 그 돌이…… 각져 있다?

재빨리 그쪽으로 달려갔다.

노루 가족이 깜짝 놀라 숲속으로 사라졌다.

그러거나 말거나 튀어나온 돌을 매만졌다.

네모반듯하다.

잘린 면만 봐도 절대 자연적으로 생성될 수 없는 형태였다.

"……확실해."

인간이 만든 것이다.
그게 전부가 아니었다.
환신은 손으로 석재를 쓰다듬었다.
"매끄러워."
과하게 매끄럽다.
최고의 석수가 혼신의 힘을 다해 석재를 다듬어도 이런 촉감을 내는 건 거의 불가능하겠지.
답은 하나다.
"……강기."
초절정고수의 상징.
검기성강(劍氣成罡).
이 석재 모두 완숙의 경지에 이른 강기로 자른 게 분명했다.
-두근두근.
심장이 뛰었다.
이름 모를 식물을 유엽도로 자르며 안으로 들어갔다.
통로를 따라 일렬로 석실이 늘어서 있었다.
사람이 거주했던 흔적이다.
환신은 통로 끝에서 석문으로 꽉 막힌 방을 발견했다.
끼끼거리며 육중한 무게의 석문을 밀었다.
석문이 열리고 공기가 급격히 안으로 빨려 들어간다.
내부로 진입하자 세월의 흔적이 고스란히 남아 있는 다

른 방과 달리 조금의 손상도 없이 완벽하게 본래의 형태를 유지하고 있는 석실 내부가 모습을 드러냈다.

반구형 공간 중심에 고대 복식을 한 청수한 인상의 남자가 평온한 얼굴로 앉아 있었다.

흠칫 놀라 본능적으로 공력을 일으켰지만 곧 다시 단전에 갈무리했다.

가부좌를 튼 남자가 숨을 쉬지 않고 있음을 감지한 것이다.

조용히 남자에게 다가갔다.

남자의 앞에 손수 만든 것처럼 보이는 투박한 나무 상자가 보였다.

조용히 나무 상자를 열었다.

안에는 반듯하게 다듬어진 나무판이 가득 들어 있다.

첫 번째 나무판을 들자 유려한 필체로 새겨진 글을 볼 수 있었다.

환신은 나무판을 들고 내용을 읽어 내려갔다.

「나는 중원의 대국 당(唐)에 의해 멸망한 고려(高麗)라는 나라의 재상 격인 대막리지 가문의 말예다. 나의 조부께선 당의 침략에 맞서 무적의 신위를 자랑한 당대의 무신이다. 허나 조부의 자식인 나의 부친과 숙부들은 달랐다. 호부 밑에 견자라는 말이 그리도 잘 어울릴 수 없도다. 조부께서 귀천하시고 대막리지 자리를 놓고 골육상쟁이 벌어졌다. 그 틈을 타 당과 신라가 침공해 고려는 허무하게 멸망하고 말았다.」

"아……."

뭔지 알겠다.

고구려 말에 벌어진 이야기다.

"……'제천'에 은근 한반도 역사 관련 설정이 자주 등장한다니까."

대한민국 제작사가 만든 게임이니 당연할지도.

나무판에 적힌 내용을 계속 읽어 내려갔다.

「나와 일족은 당군을 피해 배를 타고 바다로 탈주했다. 달리 갈 곳이 없지만 어쩔 수 없었다. 우리에게 선택지 따위 존재하지 않았으니까. 항해를 시작하고 얼마 지나지 않아 거대한 풍랑에 휘말려 배가 뒤집혔다. 그렇게 일족 전부를 잃고 가까스로 이 섬에 표류했다. 바다에 대해 아무런 지식이 없는 나로서는 섬을 탈출할 방법 따위 있을 리 만무했다. 일족을 모두 잃은 슬픔에 깊은 절망에 빠졌으나 곧 마음을 추슬렀다. 아직 죽고 싶지 않았으니까. 다행히 풍요로운 섬인지라 먹고살 걱정은 없었다. 하지만 지루한 섬 생활을 이겨내기 위해 무언가 매진할 게 필요했다. 그때 유독 나를 아낀 조부께서 전수해 주신 당신의 독문무공을 떠올렸다.」

"……개금비!"

「나는 조부께서 남긴 무공을 익히기 시작했다. 조부의 무공은 심오하기 짝이 없어 시간 죽이기 안성맞춤이었다. 시간의 흐름, 나아가 자신을 잊고 수련에 몰두했다. 그러던 어느 날 첫 번째 환골탈태를 경험했다. 동시에 무의 새로운 지평에 눈을 떴다. 얼마의 시간이 지난 후 다시 한번 환골탈태했다. 그리고 몇 년 후 마지막 환골탈태를 하게 되었다.」

거기까지 읽고 환신은 자기도 모르게 경악성을 터뜨렸다.
"맙소사! 곤명이라고?!"
한 번의 환골탈태 후 두 번째 환골탈태를 용린(龍鱗).
세 번째 환골탈태를 곤명(鯤鳴)이라 부른다.
용린에 이르면 비인(非人)의 경지인 삼천경의 입문, 천령이다.
곤명을 겪게 되면 삼천경 두 번째 경지 천망지경에 도달하게 된다.
저 괴물 같은 천간십존과 같은 경지다.

「세 번의 환골탈태 후 과거 중원 무림을 평정하고 무신으로 추앙받으신 조부와 대등한 경지에 이르렀다. 이 경지에 이르자 하늘을 자유자재로 날고 한 걸음에 대지를 접을 수 있게 되어 마음먹으면 언제든 섬을 탈출할 수 있게 되었다. 허나 그러지 않았다. 이 섬은 나의 두 번째 고향이다. 모든 번뇌를 내려놓고 섬에서 생을 마감하기로 결심했다. 헌데 한 가닥 미련이 남는다. 평생을 익힌 무공이 그것이다.」

"……드디어!"

「무가 하늘에 닿으면 무엇 하는가. 인간의 마음은 이토록 조석으로 변하거늘. 길일을 택해 목욕재계하고 점을 쳐보니 수백 년 후 인연자가 섬에 오는 것을 알게 되었다. 이 글을 읽고 있는 인연자여! 나는 많은 것을 바라지 않는다. 이름조차 남기지 않고 일개 무명인으로 남으리라. 그저 이 무공을…… 개금비(蓋金飛)를 익혀라! 천재 중의 천재였던 조부께서 가문 대대로 내려온 비도술을 중원의 수많은 무공과 융합해 절세무공으로 승화시킨 개금비가 존재했음을 세상이 알게 하라! 천하에 동부대인 규염객(虬髯客) 연개금이라는 무적자가 있었음을 알리라!」

"와아……."

팔뚝에 닭살이 돋아 무의식적으로 긁었다.

개금비의 위력만 알았지 이런 엄청난 사연이 있었을 줄은 꿈에도 몰랐다.

전율 그 자체였다.

"기연을 얻는다는 게 이런 거였어?"

기연 하나에 사연 하나.

화면상으로 설명을 읽는 것과 차원이 다른 무게감이 어깨를 짓누른다.

기연을 얻는 건 기연을 내려준 자의 은원을, 유업을 잇는 걸 의미했다.

환신은 조용히 자리에서 일어났다.

그리고 기연을 얻었을 때 반드시 해야 하는 행동을 시작했다.

일배.

이배

……구배.

사제지연을 의미하는 구배지례다.

보통 기연을 얻었을 때 구배지례를 하지 않으면 기관이 발동해 암기가 쏟아지거나 독연이 모락모락 피어오르곤 했다.

어떤 함정이 숨어 있을지 알 수 없으니 더러운 꼴 보지 않으려고 하는 것이다.

또 구배지례는 인연자가 기연자에게 바치는 경의를 의미한다.

아홉 번째 절을 마치자 상상을 초월하는 공력으로 형태를 온전히 유지하고 있던 무명인의 육체가 영롱한 무지갯빛과 함께 거품처럼 사라졌다.

환신은 눈을 감았다.

기린지재 특유의 기감으로 자연지기로 환원되는 무명인의 내공을 온몸으로 만끽했다.

너무나 청량하고…… 순수하다.

천망경 절대고수의 육체가 내뿜는 기의 잔향을 느끼며 이것이야말로 자신이 도달해야 할 지향점임을 깨달았다.

무명인이 남긴 마지막 선물이었다.

잠시 여운을 즐긴 후 눈을 떴다.

그리고 나무 상자에 들어 있는 나무판을 꺼내 단숨에 읽어 내려갔다.

나무판에 빼곡히 무공 구결이 새겨져 있었다.

개금비는 '제천' 세계관에서도 최상위를 다툴 절세무공답게 구결이 만자에 육박했다.

이름하여 만자구결(萬字口訣)!

환신은 나무판을 슥슥 만졌다.

"와, 나무판 반듯한 거 보소. 이것도 강기로 잘랐나 보네. 글자는 또 어떻고. 강기를 이쑤시개 크기로 뽑아 단숨에 새긴 게 분명해.”

무명인이 손수 제작한 나무판은 수백 년의 세월을 이겨내고 온전히 형태를 유지하고 있었다.

석실 안을 진공 상태로 만든 영향이 컸다.

절대고수의 가공할 능력이 아닐 수 없었다.

그때였다.

기린지재의 예리한 감각에 무언가 걸려들었다.

“어?”

환신은 벽돌로 쌓은 석실 벽에 다가갔다.

손으로 벽을 만지작거렸다.

“자국이 있어. 뭔가 날카로운 게 스치고 지나간 듯한…….”

그저 날카롭기만 한 게 아니다.

돌 부스러기 떨어진 흔적조차 하나 없는 게 엄청난 열로 돌을 녹인 자국 같았다.

사방의 벽을 더듬었다.

벽을 한 바퀴 쭉 돌고 석실 한가운데로 돌아와 바닥에 드러누웠다.

일일이 만져보고 확신했다.

석실에 있는 흔적 하나하나 모두 개금비상의 초식이다.

그런 흔적이 석실 안 벽돌 하나하나에 세밀히 새겨져 있었다.

기린지재의 천재성이 이 모든 흔적이 단 한 수에 이루어졌음을 계산해 냈다.

실로 경악스러운 능력!

저런 흔적을 만들어낸 가공할 초식을 인간에게 펼쳐지면 어떻게 될까?

"가루도 안 남겠지."

환신은 손을 앞으로 뻗었다.

그리고 꽉 쥐었다.

온몸으로 실감했다.

자신이 광세 기연을 얻었음을 말이다.

"……이제 시작이야."

업적도 100%.

무림일통의 길이 말이다.

훗날 수많은 기연을 통해 익힌 무공 중에서도 공포의 대상으로 군림하게 될 네 가지 무공.

통칭 사대권세(四大權勢)의 일익으로 무한한 경외의 대상이 될 개금비가 환신의 품에 안기는 순간이었다.

환신은 구결을 마저 읽었다.

개금비 만자구결은 마치 우주 그 자체가 담긴 것처럼 심오하기 짝이 없었다.

홀린 듯 마지막 구결까지 단숨에 읽어 내려갔다.

천재적인 지능은 구결 한 번 읽은 걸로 처음부터 끝까지

거꾸로 외울 수 있을 만큼 완벽히 외워 버렸다.

나무판에 있는 건 구결이 다가 아니다.

무명인은 인연자가 홀로 개금비를 익히는 데 지장 없도록 하나하나 세심하게 주석까지 달아놓았다.

그럼에도 만자구결은 난해하기 짝이 없었다.

평범한 재능을 지닌 자라면 백 년을 용맹정진해도 1할도 채 익히지 못하겠지.

아니, 이해나 할 수 있을지조차 의문이다.

지도해 줄 스승의 부재가 가혹하게 다가올 게 분명했다.

허나.

환신은 달랐다.

한 글자 한 글자 읽어 내려갈 때마다 기린지재와 태음칠절맥이 융합된 규격 외의 천재성이 극도로 자극받아 점차 고양됐다.

시시각각 깨달음이 밀려들어 온다.

환신은, 아니, 환신의 재능은 개금비를 완벽히 이해했다.

신기하기 짝이 없는 일이다.

이제 의심할 여지조차 없었다.

자신이 완전히 다른 사람이 됐음을 말이다.

무명인은 구결을 완벽히 외우고 만자구결이 담긴 나무판을 모조리 태워 버리라 당부했다.

또 개금비를 연공할 때 자신이 석실에 남긴 흔적을 참고

하고 무림에 출도하기 전 모두 제거하라고 덧붙였다.

옳은 말이다.

절세무공은 비인부전이 기본 원칙이었으니까.

누구도 신공의 비밀을 알아선 안 된다.

비전을 탐하는 자, 살인멸구당해도 무정하다 욕하지 못하지.

환신은 무명인이 나무판에 새긴 대로 그가 빛이 되어 사라진 자리에 가서 가부좌를 틀고 앉았다.

반구형 석실이 한눈에 보이는 자리다.

자리에 앉아 개금비 전용 내가기공 구결을 암송하며 진기를 움직였다.

그 상태로 석실에 새겨진 개금비 흔적을 눈으로 좇았다.

'……보인다.'

그 순간.

환신은 놀라운 경험을 했다.

개금비 흔적 하나하나가 마치 야광도료를 바른 것처럼 희미한 빛을 내뿜기 시작한 것이다.

전용 내가기공을 운용해야만 보이는 빛이었다.

무명인의 잔류 공력이겠지.

절대고수의 가공할 내공이 영력으로 승화해 수백 년이 지난 이 순간까지 선명히 남아 있었다.

빛은 마치 천체의 운행처럼 무한한 점과 선의 흐름을 만들어냈다.

"아……."

무의 천재에게 그 광경은 미의 극치였다.

어쩜 저렇게 아름다운 광경이 존재할 수 있을까.

환신은 다섯 개의 투사체를 동시에 사출해 개금비 초식에 따라 천변만화시키면 저런 흔적을 남길 수 있음을 깨달았다.

허나…… 쉽지 않다.

검강에 이은 이기어검.

나아가 심검의 경지에 이르러야 도달할 수 있는 절세무공의 도도한 흐름.

추구해야 할 이상향을 눈으로 직접 목격한 것만으로도 필설로 형용할 수 없는 이득이다.

그래서 기연(奇緣)인 것이다.

문득 나무판에 담긴 주석을 떠올렸다.

인간은 신체적으로 보다 강인한 야생동물, 혹은 강대한 영력을 지닌 영물, 요괴 등에 비해 철저한 약자에 불과했다.

허나 돌팔매질을 시작으로 창, 활 등을 통해 '거리'를 지배하게 됨으로써 만물의 영장이 될 수 있었음을 설파한다.

아득한 고대부터 수렵을 통해 생존해온 무명인의 선조는 무언가를 던지는 행위야말로 무의 처음과 끝임을 확신했다.

무명인의 조부인 규염객 연개금 역시 이에 동의하고 선조의 철학이 담긴 가전 무공을 초식 하나하나 쪼개고 쪼갠 후 재조합하여 극한으로 발전시켰다.

그는 다섯 자루 비도를 하늘로 던져 공간 그 자체를 지배하는 심검의 묘리를 통달해 당대 무공 천하제일의 영예를 누렸다.

여담으로 나무판에는 무명인의 조부 자랑이 쓰여 있었다.

당나라와의 전쟁에서 조부 연개금이 선봉에 서서 찬란한 광채를 뿌리며 질주할 때면 누구도 그를 막지 못했다고 한다.

또 개금비를 운용하는 내력은 태양의 기운인 일양지기(日陽之氣)기 때문에 절대적인 파마의 효용을 지닌다.

마공을 익힌 마도 고수는 개금비의 공능에 속절없이 당할 수밖에 없는 운명이었다.

환신은 홀린 듯 손을 들었다.

다섯 손가락이 마치 건반을 두드리는 것처럼 빠르게 움직인다.

점점 빨라지는 손가락.

그 움직임이 석실 벽에 새겨진 개금비 흔적과 묘하게 일치했다.

완전히 무아지경에 빠졌다.

기린지재가 환신을 무의 저편, 황홀경으로 이끌었다.

헌데 바로 그때.

"끄아아악!"

시간이 되자 어김없이 찾아오는 태음칠절맥 발작!

무아지경이 깨지고 바닥을 뒹굴던 환신은 가까스로 몸을 일으켜 가부좌를 틀었다.

삼재기공을 운용해 조금이라도 고통을 줄이려는 것이다.

그 순간.

좋은 생각이 떠올랐다.

삼재기공 대신 개금비 전용 내가기공인 광자대력기(光子大力氣)를 운용하면 어떨까?

광자대력기는 무명인의 고향에서 태양을 상징하는 세 발 까마귀를 내가기공으로 승화시킨 것인데 양강 계열 내가기공의 최고봉이라 칭할 만했다.

광자대력기의 일양지기라면 태음지기를 제어할 수 있지 않을까?

그런 기대를 품고 광자대력기를 운용했다.

곧 환신은 경악했다.

삼재기공과는 차원이 다른, 100배를 훌쩍 넘는 광대한 기가 사방에서 몰려든다.

이를 운기조식을 통해 정제하면 본신 공력으로 단전에 축적된다.

헌데…… 쉽지 않았다.

아니, 어렵다.

칠대혈에 웅크린 태음지기를 통과하는 게 너무 힘들었다.

기린지재 덕분에 말도 안 되는 수준의 기감을 지닌 환신이다.

순전히 자신의 천재성으로 어찌어찌 통과시킨 거지 평범한 재능을 지닌 자라면 막대한 일양지기 흐름이 태음지기에 막혀 혈관이 터지고 칠공으로 피를 토하며 죽었을 것이다.

태음지기를 통과해도 문제다.

칠대혈을 지나갈 때마다 태음지기에 의해 일양지기가 한순간 식어버렸다.

혈맥을 타고 흐르는 와중 다시 열기를 북돋았지만 태음지기 벽을 통과한 순간 또다시 식었다.

그렇게 칠대혈을 모두 통과하고 진기를 일주천해 단전에 안착시키자 기묘한 상황에 직면했다.

극양극음 어느 한쪽에도 치우치지 않은 순수한 생명의 기운.

선천지기(先天之氣)였다.

일반적인 공력과 비교도 안 되는 신묘한 공능을 지닌 선천지기를 운기조식으로 얻을 수 있다니!

99회차 플레이 동안 한 번도 겪어본 적 없는, 실로 기이한 일이다.

하지만 환신 입장에선 중요한 건 그게 아니었다.

'끄아아아아악!'

운기조식할 때 입을 벌릴 수 없으니 내적 비명으로 대신할 수밖에.

일양지기가 태음지기 벽을 통과할 때마다 지금까지 겪은 발작 따윈 애들 장난으로 느껴질 만큼 미친 수준의 고통이 들이닥쳐 왔다.

그나마 다행인 건 일양지기가 혈맥을 따라 운용돼서 그런지 혈관에 실톱을 넣고 갈아대는 통증은 없었다.

문제는 일양지기가 칠대혈을 통과할 때 느끼는 고통이 본래 느꼈을 고통까지 적립해서 한 번에 쏟아내는 것 같다는 점이다.

지옥도 이런 지옥이 따로 없다.

선택해야 했다.

이 고통을 이겨내고 선천지기를 얻을 것인지.

아니면 포기하고 삼재기공을 운용할 것인지.

허나 얻어지는 결과는 천지 차이.

그만큼 선천지기는 일반적인 진기와 비교 불가의 공능을 품고 있었다.

물론 처음부터 결과는 정해져 있었는지도 모른다.

'어차피 하루에 일곱 번이나 겪는 고통…… 좀 더 아픈 게 뭐 어때서!'

이왕 아픈 거 더럽고 치사해서라도 뭐 하나 더 건져야지!

환신의 선택은 역시나 선천지기였다.

'시바아아아아아아알!'

정신이 나가 버릴 것 같은 절맥 발작 고통을 이 악물고 견뎌냈다.

하루에 일곱 번 이 고통을 견딜 생각을 하니 확 죽어버리고 싶었지만 타고난 더러운 성질 덕분에 다시 한번 이를 극복해 냈다.

지옥 같은 시간이 지나고.

발작이 멈췄다.

단전에 일양지기가 축적되기 시작한다.

선천지기에는 미치지 못하지만 가공하기 짝이 없는 힘이다.

"끄아아악! 컥컥! 우웩!"

참지 못하고 운기조식을 멈춘 채 바닥을 뒹굴며 위액을 토해냈다.

한껏 웅크린 채 온몸을 덜덜 떨었다.

한참을 그렇게 있다 겨우 정신을 차리고 입에 묻은 침을 손으로 닦아내며 씁쓸히 고개를 떨궜다.

광자대력기로도 태음칠절맥의 저주에서 벗어나지 못했다.

이 빌어먹을 절맥은…… 어떤 식으로든 고통의 총량을

완벽히 유지시킨다.

"……이런 제길. 고통 불변의 법칙이냐?"

별수 없다.

이 고통에서 벗어나기 위해서라도 하루빨리 양대신의를 찾을 수밖에.

"양대신의한테 치료받으려면 역시 개금비를 익혀야겠지?"

결국 무공이다.

오직 무공만이 스스로를 구원하리라.

그렇게 개금비 연공이 시작됐다.

시간이 흘렀다.

환신은 석실 가운데 조용히 앉아 있었다.

운기조식을 하는 게 아니다.

한 조각 깨달음을 붙잡고 깊은 돈오의 시간을 맞이한 것이다.

순간.

눈을 떴다.

-번쩍!

어찌나 공력이 깊어졌는지 안구 깊숙한 곳에서 눈동자

를 타고 기광이 흘러나왔다.

가부좌를 튼 상태 그대로 육체가 둥실 떠오른다.

허공에서 몸을 쫙 펴고 공력을 북돋아 어기충소의 신법으로 육신을 허공에 띄웠다.

환신의 양발에 마차 바퀴를 연상시키는 자그마한 불꽃의 륜(輪)이 모습을 드러냈다.

개금비상의 보신경 태양속(太陽速)을 펼칠 때 일어나는 기현상이다.

환신의 육체가 쏜살같이 앞으로 튀어나갔다.

순식간에 석실 벽이 코앞까지 다가왔다.

허나 당황하지 않았다.

-콰르르르릉!

불꽃의 륜이 어마어마한 속도로 회전하며 환신의 몸이 거의 직각으로 움직인다.

기이하기 짝이 없는 기동이었다.

-통. 통.

석실 벽을 따라 2, 3장씩 내달릴 때마다 엄지발가락으로 겨우 한 걸음 석벽을 밟을 뿐이다.

그 와중에도 신체의 균형은 조금의 흐트러짐 없이 꼿꼿하기만 했다.

실로 가공한 신법이었다.

본능적으로 개금비상의 감각도(感覺道) 태양신경총(太陽神

經叢)을 전개했다.

-파지직! 파직!

온몸의 감각이 열리고 일양지기로 이루어진 미세한 신경 다발이 사방으로 뻗어 나간다.

일정 공간이 안구를 넘어 신경 말단까지 입체적으로 환신의 감각 아래 들어온다.

이 공간은 이제 온전히 환신의 것이다.

신기하기 짝이 없는 감각.

그 와중에도 벽과 천장을 밟아가며 끊임없이 움직였다.

그때 환신이 번개처럼 손을 휘둘렀다.

-스팟!

품에서 꺼내 전면으로 발출하는 데까지 찰나의 시간조차 필요치 않았다.

이 즉발식(卽發式)이야말로 개금비의 총화.

언제 어느 때건 병기를 사출할 준비가 되어 있는 것.

그게 바로 개금비였다.

황금빛 광자대력기를 머금은 돌이 허공을 가른다.

동시에 환신의 손가락이 미세하게 움직였다.

돌멩이가 한순간 선회했다.

비파를 타듯 손가락이 빠르게 움직이자 궤도가 지그재그 형태로 연속해서 틀어졌다.

-스파팟!

감각도인 태양신경총으로 찰나지간 적을 찾아내 태양의 힘인 일양지기를 담은 돌멩이를 일반 무학의 상식을 훌쩍 뛰어넘는 속도로 던져 격살시킨다.

기괴하기 짝이 없는 고대 무학의 결정체다.

돌멩이의 움직임이 일견 이기어검을 연상시켰으나 그건 아니다.

어디까지나 개금비란 무공의 특성일 뿐.

-파짓!

돌멩이에 담긴 일양지기가 점차 압축된다.

환신의 관자놀이에 핏대가 올라왔다.

이번 한 수에 혼신의 힘을 다했다.

일양지기가 압축되는 모양새가 마치 도검장이 망치로 모루 위의 무쇠를 두드리는 장면을 연상시켰다.

압축이 절정으로 치닫자 날카롭게 뻗어 삐쭉한 형태를 취했다.

검기였다.

흐릿하게 일렁이는 불완전한 형태.

그럼에도 검기는 검기였다.

"흐아아앗!"

-쿠르르르릉!

12성 극성으로 공력을 전개해 허공을 미친 듯이 가로지르자 황금빛 막이 생성됐다.

물 샐 틈 없는 하늘의 그물.

과거 철심수사의 금접선법을 연상시키는 광경.

이번엔 검막이다.

허나 여기까지다.

모든 공력을 소진하자 돌멩이가 힘을 잃고 석실 바닥에 떨어졌다.

환신 역시 바닥에 착지했다.

"허억! 허어억! 크으!"

숨을 헐떡이며 방금 전 펼친 개금비의 여운을 한껏 음미했다.

본능적으로 깨달았다.

자신이 일류의 극에 이르러 절정의 벽을 마주했음을.

중간중간 진기 흐름이 끊길 정도로 공력을 극성으로 전개해 억지로 뽑아낸 검기와 검막이 이를 증명한다.

"……이 정도면 철심수사와 정면으로 맞붙어도 죽진 않겠어."

확신이 생겼다.

무림을 종횡할 준비가 끝났다는 확신 말이다.

환신은 조용히 입을 열었다.

"돌아가자. 중원으로."

역대급 무공 천재의 눈이 무림을 정조준하고 있었다.

7장
기연에 미친 새끼

개금비 수련 중간중간 섬을 탈출하기 위한 준비에 착수했다.

머릿속에 선명히 떠오르는 기연 게시판 정보에 따르면 섬 한쪽에 튼튼한 목재 군락지가 존재한다.

여기에 밀림을 돌아다니면 손쉽게 얻을 수 있는 넝쿨까지.

이 두 개를 이용해 뗏목을 제작했다.

뗏목 제작까지 천재는 아닌 모양인지 몇 번을 부수고 다시 만들며 노하우를 쌓았다.

몇 달 동안 무공 수련과 뗏목 제작이 일상의 전부였다.

일류의 극에 다다른 시점에 뗏목 제작 공정은 8할에 이르렀다.

이 시점부터 뗏목에 실을 식량 확보에 주력했다.

앞으로 벌어질 사건과 우후죽순 등장할 기연을 수확하

기 위해서라도.

하루라도 빨리 섬을 탈출해야 한다.

환신은 칠흑같이 어두운 밀림을 달리고 있었다.

-콰르릉! 콰르르릉!

양발 옆에 출현한 화염 바퀴에서 화끈한 열기가 사방으로 뻗쳤다.

태양속상의 보법.

일륜보(日輪步)를 펼칠 때 나타나는 현상이다.

일륜이 회전하며 전방의 공기를 흡입해 뒤쪽으로 뿜어 가공할 속도를 낼 수 있다.

삼천경에 이르러 일륜보를 극성으로 펼치면 마치 미확인 비행물체처럼 허공을 비정상적으로 기동할 수 있는, 말도 안 되는 보신경이다.

'태양속보다 빠른 보신경은 율약벽의 섬전행뿐일 거야.'

환신이 개금비를 얻기 위해 죽을 고생을 한 데는 다 그만한 이유가 있었다.

일륜보를 펼쳐 초상비 경공으로 나뭇가지 끝을 밟고 어두운 밀림 위를 평지라도 되는 양 쭉쭉 내달렸다.

여기에 더해 숨 쉬듯 자연스럽게 태양신경총을 전개했다.

눈에 보이지 않는 열.

밀림의 온도와 완전히 동일한 열을 품은 일양지기가 사방으로 뻗어 나갔다.

절정고수의 기감으로도 알아차리기 어려운 은밀함.

이건 촉수다.

열과 기로 이루어진 또 하나의 감각기관.

촉수가 닿는 범위 내면 땅을 기는 개미, 하늘을 나는 말벌 한 마리도 능히 감지할 수 있다.

바로 이렇게.

즉발식과 함께 일양지기를 머금은 모래알이 발출됐다.

-번쩍!

개금비에 적중된 토끼 한 마리가 바닥에 쓰러졌다.

엄청난 속도로 급소를 관통당하자 고통조차 느끼지 못하고 즉사했다.

토끼를 허리춤에 묶고 이번엔 제법 실한 새를 몇 마리 잡았다.

그렇게 오늘 사냥은 마무리됐다.

"역시 개금비. 수렵 최적화 무공다워."

짐승을 사냥하는 데 이보다 뛰어난 무공은 존재치 않았다.

"아마도…… '인간 사냥' 역시 마찬가지겠지."

무서운 무공이었다.

식량 확보 과정에서 개금비를 실전에 적용시킬 수 있게 경험을 쌓았다.

그 와중에 한 가지 사실을 깨달았다.

"기린안과 태양신경총 궁합이 너무 좋아."

만물의 영력과 기의 흐름을 볼 수 있는 기린안과 열을 통해 감각을 확장시키는 태양신경총.

이 두 가지 힘이 완전히 융합되면 초절정고수의 환술조차 환신의 눈을 속이지 못하리라.

섬을 탈출할 준비를 하며 앞으로의 미래에 대해 계획을 세웠다.

수많은 가능성이 뇌리를 스친다.

하지만 결론은 언제나 하나였다.

"다른 건 몰라도 '그 사건'은 놓칠 수 없지."

'제천'의 진정한 시작.

강호의 내로라하는 영웅호걸이 집결하고, 수많은 분기를 제공하는 바로 그 사건.

업적도 100% 달성을 위해 무림일통을 노리는 환신이다.

반드시 그 자리에서 벌어진 일의 결과를 눈으로 확인하고 여차하면 끼어들어 자신에게 유리한 방향으로 대국을 이끌어야 했다.

"내 존재가 드러나지 않았을 때 움직여야지."

이걸로 끝이 아니다.

"혼자 움직이는 건 역시 한계가 있어."

'제천'에서 세력을 갖추는 건 선택이 아닌 필수였다.

개인의 무력이 세력을 능가하는 게 무림이다.

묵시천존과 천간십존이라는 전율적인 괴물이 그런 존재

였다.

허나 몸이 하나인 만큼 단독으로 처리할 수 있는 일 역시 한정돼 있었다.

사방에서 대사건이 펑펑 터진다.

환신 자신은 선택과 집중을 할 수밖에 없다.

그러니 다른 장소에서 터진 일을 처리해 줄 수하가 필요했다.

제천사와 청류무사는 처음부터 그들을 도울 세력이 존재한다.

낭인은 아니었다.

하나부터 열까지 스스로 만들어야 하는 것이다.

"내 입맛대로 움직일 수 있으니 오히려 좋은 건지도."

온전히 자신을 따르는 세력.

매력적으로 들린다.

"그래. 낭인단을 만들자."

뛰어난 낭인을 중심으로 대규모 의뢰를 수행하는 낭인들의 조직, 낭인단.

낭인단을 이끌고 향후 중원에서 벌어질 분쟁에 적극적으로 개입해 힘과 인재를 모은다.

그리고 결정적인 순간.

진정 천하의 패권을 놓고 벌이는 쟁투의 주재자로 개입하는 거지.

언제나 그랬던 것처럼 말이다.

"낭인단을 만들기 위해 처음 얻어야 될 인재는 이미 정해져 있지."

광동삼살.

그들을 얻는다.

"인재 영입에는 역시 무공만 한 게 없단 말씀."

중원에 돌아가 광동삼살에게 전수해 줄 기연을 찾아봐야겠다.

향후 수하로 삼을 인재들에게 나눠줄 무공까지 말이다.

"내 커뮤 닉이 괜히 '기미새'가 아니거든."

기미새.

……기연에 미친 새끼.

며칠 후.

모든 준비를 마치고 바다에 뗏목을 띄웠다.

-푸확! 출렁!

물 위에 둥둥 뜬 뗏목.

보신경을 펼쳐 잽싸게 뗏목 위로 올라갔다.

양발 옆에 화염 바퀴가 모습을 드러냈다.

일륜이다.

공력을 집중하자 점점 거대해진다.

뗏목 양옆에 마치 외륜선처럼 일륜이 모습을 드러냈다.

"좋아. 가자!"

-콰아앙!

뗏목이 날듯이 물 위를 통통 튀었다.

타의 추종을 불허하는 진기 제어로 전면에 쐐기 형태의 기막을 형성해 공기의 저항을 단숨에 갈라 버렸다.

팔짱을 낀 채 뗏목 한가운데 여유롭게 서 있던 환신이 중얼거렸다.

"일류고수가 되니 역시 진기 수발이 자유로워. 절정의 벽을 넘으면 어떨까?"

강호 귀환을 앞두고 가슴이 두근거린다.

기연 게시판의 정보를 토대로 방향을 잡고 거친 바다를 돌파했다.

15분 정도 빠르게 이동 후 공력이 바닥나면 어설프게 만든 돛을 이용해 바람을 타는 식이다.

그 와중에도 하루 일곱 번 절맥 발작 고통은 변함없었다.

태음칠절맥 발작이 일어날 때면 갑판에 하얀 서리가 내렸다.

"시발!"

그렇게 일주일 정도 뗏목을 몰아 오문에 도착했다.

"흐읍, 문명의 냄새."

이곳을 떠났을 땐 삼류 정도였으나 지금은 당당한 일류고수.

감회가 남다르다.

이제 시작인 느낌이랄까.

환신은 불산엽가 상행이 운영하는 작은 객잔에 하루 머물렀다.

그곳에서 소면과 오향장육을 시켜 먹었다.

“크으! 이거지! 이게 요리지!”

모처럼 제대로 된 요리를 즐기고 객실로 돌아가 침상에 누웠다.

따뜻하게 몸을 감싸는 이불의 감촉을 즐겼다.

“무인도에서 야자수 잎 덮고 잤을 때 까끌까끌해서 가끔 밤잠 설쳤지.”

휴식만 취한 건 아니다.

최단 기간에 기연을 쓸어 담을 경로를 계산해 보았다.

객잔에 머무는 낭인들을 통해 ‘그 사건’까지 시간이 그리 많이 남지 않음을 확인했다.

그렇다면 광동성 영내의 기연을 우선한다.

극초반 주인이 정해져 초반이 지나면 얻을 수 없는 기연을 싹쓸이하기로 마음먹었다.

물론 초절정의 경지에 오를 수 있는 상승무공에 한해서 말이다.

문득 입가에 미소를 지었다.

“다른 건 몰라도 불괴수라마공(不壞修羅魔功)만큼은 놓칠 수 없지."

누구도 죽일 수 없다!

누구도 파괴할 수 없다!

그래서 불괴(不壞).

불괴수라마공은 명칭만 마공일 뿐 정신을 마성으로 오염시키지 않는 정사지간의 패도지공이다.

"대신 주화입마 확률이 굉장히 높아."

허나 성능 하나만큼은 자타공인 최고 수준.

'제천' 관련 각종 설정 정리를 전담하는 통칭 '사관'들이 온갖 논쟁 끝에 무공 게시판에 업로드한 무공 목록 중 내가기공 분류 상위 백 가지 무공.

무협 느낌 팍팍 풍기게 환우백대기공(寰宇百大氣功)이라 불렀다.

이 중 서열 12위를 점하는 불괴수라마공만큼은 절대 놓칠 수 없다.

마침 광동성에 존재하는 기연이기도 하고.

불괴수라마공을 익히면 피륙은 물론이고 내장까지 기공으로 보호받는 강체능은 기본.

순식간에 상처를 회복하는 재생능에 더해 독에 강한 내성을 얻고 궁극적으로 만독불침에 이르게 된다.

무인의 독에 대한 공포는 엄청났다.

어느 정도냐면 피독의 공능을 지닌 보물이 등장하면 강

호에 혈겁이 터지는 걸로 충분히 설명 가능한 부분이겠지.

불괴수라마공의 재생능은 실로 대단해 극성까지 익히면 목이 반쯤 잘려도 순식간에 복구된다.

배에 주먹만 한 구멍이 뚫려도 마찬가지.

목이 잘리거나 뇌가 손상되면 죽지만 이건 어쩔 수 없는 거고.

"머리통 날아가고 살길 바라는 건 너무 양심 없는 일 아닌가?"

마지막으로 아무리 나이를 먹어도 주름 한 점 없이 우유 빛깔 피부를 유지할 수 있는 불로장생의 공능까지.

불괴수라마공의 실체가 알려지면 촉촉하고 맑은 피부에 환장하는 여류 고수들 사이에 피비린내 나는 쟁탈전이 벌어지겠지.

여기까지만 봐도 실로 가공한 신공절학이 아닐 수 없다.

허나 이게 다가 아니다.

극성인 6단계까지 익히면 순간적으로 공력을 여섯 배까지 증폭시킬 수 있는 역혈수라대법이 존재한다.

황당한 건 불괴수라마공의 재생능이 역혈수라대법 같은 격발형 대법을 펼쳤을 때 입는 치명적인 내상까지 빠르게 치유해 준다는 것.

실로 생존과 파괴에 최적화된 무공이었다.

한 가지 더.

환신은 이를 부득 갈았다.

"그놈이 불괴수라마공을 얻게 내버려 둘 수 없지."

'제천'에서 플레이어가 불괴수라마공 기연을 얻지 않고 내버려 두면 훗날 수라마영이라 불리게 될 흑도 고수가 얻게 된다.

수라마영은 불괴수라마공을 얻은 후 물 만난 물고기처럼 폭풍 성장한다.

이후 지살칠십이숙에 속하는 구군(九君) 중 한 명과 쟁좌투(爭左鬪)를 벌여 기어코 승리해 수라마군이란 별호로 불리게 된다.

수라마군은 중후반까지 매우 위험한 적으로 자리매김한다.

위에 언급한 여러 공능을 보유했으니 오죽할까.

거의 바퀴벌레 수준의 생명력을 자랑하며 끝도 없이 재등장해 플레이어를 괴롭힌다.

무공보다 더욱 무서운 건 독하기 짝이 없는 심계와 성정.

"그러니까 내가 불괴수라마공을 선점해야 돼."

기연을 빼앗는 걸로 미래의 적을 제거한다.

꿀 빨고 좋잖아.

그때.

문득 좋은 생각이 떠올랐다.

불괴수라마공의 지독한 생명력이 가장 필요한 직종이

무엇인가.

바로 낭인이다.

최전선에 내던져지는 고기 방패.

생존이 가장 훌륭한 덕목인 자들이 바로 낭인 아닌가.

"역혈수라대법의 파괴력은 중병기와 잘 어울려."

향후 낭인단의 초석이 될 광동삼살에게 불괴수라마공을 전수하는 건 어떨까.

여기에 불괴수라마공과 궁합이 잘 맞는 도법, 극법, 창술 기연을 추가로 수확해 광동삼살의 전력을 극대화시켜 빠른 시일 안에 초절정고수로 성장시키는 전략이다.

"좋아. 그렇게 하자."

타인이 얻을 기연을 강탈함에도 불구하고 조금의 죄책감도 느끼지 못했다.

왜냐하면 99회차 플레이 동안 늘 이래 왔으니까.

내 건 내 거, 남의 것도 내 거다.

꿀 빨 생각에 모처럼 편히 잠드는 환신이었다.

물론 얼마 후 태음칠절맥 발작 때문에 잠에서 깨 이를 악물고 운기조식해야 했지만.

"……젠장! 불괴수라마공 익히면 고통이 좀 줄어들라나?"

모르겠다.

일단 얻고 보자.

불괴수라마공 기연이 잠들어 있는 광동성 뢰주.

대월국(베트남)과 인접한 뢰주 인근은 울창한 밀림으로 가득했다.

뢰주의 밀림 속에 있는 불회곡이라는 계곡의 유적에서 불괴수라마공 기연을 얻을 수 있다.

밀림으로 진입할 수 있는 유일한 통로인 한 촌락에 위치한 작은 객잔.

-끼익.

객잔 문이 열리고 남자, 아니, 소년이 안으로 들어왔다.

놀라울 정도로 잘생긴 소년 낭인.

환신이었다.

오문에서부터 뢰주까지 경공을 펼쳐 빠르게 달려오는 바람에 온통 먼지투성이다.

객잔에 들어오는 환신의 얼굴에 진한 짜증이 묻어났다.

밤마다 약속이라도 한 듯 마적 떼의 야습을 받아서 그렇다.

일류고수가 된 만큼 손쉽게 제압할 수 있었지만 지긋지긋하기 짝이 없다.

"……이래서 수하가 필요한 거야."

유능한 수하들이 야습을 처리하는 사이 자신은 꿀잠 잔다.

아주 바람직한 상황 아닌가?

그때, 이상한 낌새를 느끼고 객잔 안을 훑어보았다.

하얀 무복에 검은 해골이 그려진 복장으로 통일한 장정 십여 명이 노려보고 있었다.

환신은 한눈에 저들이 훗날 수라마영으로 불리게 될 흑골회라는 흑도 방파 문주의 수하임을 알아챘다.

개중 간부로 보이는 자가 입을 열었다.

“너, 애송이. 어디서 온 누구냐.”

간부의 물음에 환신이 피식 미소를 흘리며 되받아쳤다.

“너희가 그걸 알아서 뭐 하게?”

순간.

객잔에 싸늘한 침묵이 감돌았다.

흑골회 문도들이 험악한 표정을 지으며 자리에서 벌떡 일어났다.

하나같이 시퍼렇게 날이 선 병장기를 들고 있었다.

그 모습을 본 환신은 속으로 이를 갈았다.

바로 이것이다.

죽음을 각오하고 삼룡와류에 몸을 던져 갖은 고생 끝에 개금비 기연을 얻은 이유 말이다.

바로 힘!

힘이 없으면 가벼운 시비로도 칼부림이 일어나고 사지가 토막 나 길가에 버려진다.

그게 '도산검림'이다.

99번 강호를 종횡무진하며 수많은 선택지를 힘으로 깨부쉈다.

그 끝은 언제나 패도(霸道)에 닿아 있었다.

정도(正道)는 공감 가지 않고 마도(魔道)의 비인간성은 역겹기 짝이 없다.

흑골파 문도들이 자신에게 칼을 들이댄다.

몇 달 전 광동계투와는 상황이 달랐다.

'힘이 생겼으니 참을 이유 따위 없지.'

무공으로 응징한다.

언제나처럼.

환신의 손이 품에 들어갔다 나왔다.

바로 이 동작!

절정의 좌수쾌검이 선보이는 발검술조차 빛을 잃을지니.

모든 후발선제 묘리의 최상위에 군림하는 것이 바로 개금비 즉발식이다.

개금비(蓋金飛) 제1초 직광(直光) 발동이었다.

-번쩍!

인식의 한계를 초월한 손놀림으로 품에서 꺼낸 작은 돌이 눈부신 황금빛과 함께 눈 깜짝할 사이 흑골파 간부의 어깨를 꿰뚫었다.

숨을 세 번 쉴 동안 흑골파 문도들은 무슨 일이 벌어졌는지 인지조차 하지 못했다.

뒤늦게 들이닥친 고통에 간부가 비명을 터뜨릴 때까지 말이다.

"끄, 끄아아아악!"

-치이이익!

관통된 구멍을 중심으로 일양지기가 들끓으며 살점이 지글지글 녹아내린다.

고기 굽는 냄새가 객잔 안을 맴돌았다.

거기서 끝이 아니다.

광자대력기의 가공할 경력이 단전에 침투하자 기혈이 진탕되고 내장이 비비 꼬여 피를 울컥 토하고 바닥에 쓰러졌다.

기린안과 태양신경총의 공능으로 흑골파 문도의 경지를 완벽히 측정해 딱 죽지 않을 만큼 진기를 실어 개금비를 발출한 덕분이었다.

다시 한번 싸늘한 침묵이 객잔에 내려앉았다.

아니, 다르다.

침묵에 공포가 담겨 있었다.

-웅! 우웅!

그들은 환신의 전신에서 물결치듯 방출되는 황금빛 파동에 전율했다.

-번쩍! 키이융!

다시 한번 빛이 번뜩였다.

"아아아악!"

"끄아악!"

하나같이 어깨와 허벅지에 구멍이 뚫린 채 입에서 피를 질질 흘렸다.

죽지 않았을 뿐 경력이 혈맥에 파고들어 폐인 같은 삶을 면치 못할 것이다.

환신은 벌레처럼 바닥을 기는 흑골파 문도들을 보며 혀를 찼다.

"쯧. 성질 같으면 확 숨통을 끊어놓는 건데. 아직 어렵네."

언제고 그럴 상황이 닥칠지 모르지만…… 지금은 아니었다.

"흑골파 문도가 여길 지키고 있다는 건 이미 불괴수라마공을 수색 중이라는 뜻이겠지?"

아슬아슬했다.

잘못하면 놓친다.

"여기서 이러고 있을 때가 아니지."

환신의 발 양쪽으로 불쑥 일륜이 튀어나왔다.

일륜이 미친 듯이 회전하고.

곧 엄청난 속도로 객잔을 빠져나갔다.

환신은 이를 갈며 소리쳤다.

"젠장! 이것들 땜에 밥도 못 먹고! 가만 안 둔다!"

그 말을 끝으로 불회곡이 있는 밀림 속으로 사라졌다.

-치이이익.

객잔 바닥에 하얀 연기를 피워 올리는 일륜보 흔적만이 방금 전 벌어진 일을 상기시킬 뿐이었다.

흑골파 문주 좌굉선은 언제나처럼 차가운 눈으로 밀림을 응시했다.

'……반드시 얻어야 돼.'

좌굉선은 본래 시전 골목을 전전하던 왈패였다.

그러던 어느 날 운이 트여 흑골파라는 흑도 방파에 입문하게 된다.

이후 수많은 위기를 겪으며 날카로운 판단력과 독심으로 기어코 흑골파 문주가 된 입지전적 인물이었다.

하지만 흑골파라고 해봐야 강호에 널리고 널린 흑도 방파 중 하나일 뿐.

작은 현의 객잔과 색주가를 관리하며 보호비 뜯는 삶 따위 지루하기 짝이 없다.

좁은 세상이다.

그의 야망은 더 높고 넓은 곳에 닿아 있었다.

당금 무림 그 자체라 해도 과언이 아닌 절대 세력.

제천맹!

그 중심에서 공명을 누리고 싶다.

무림에 투신한 자라면 충분히 꿔볼 만한 꿈 아닌가.

그는 단기간에 흑도 방파를 장악한 냉철한 심기와 잔혹함, 위엄을 갖춘 인물이었다.

무공 재능 역시 특출 난데, 흑골파에 입문하고 불과 몇 년 만에 일류의 경지를 개척했다.

그 후 흑도의 율법대로 전대 흑골파 문주를 잔혹하게 쳐 죽이고 문주 위에 올랐다.

더 높은 곳으로 올라가려면 흑골파의 하급 무공으론 무리였다.

신공절학이 필요했다.

바로 그 무렵.

보호비를 수금하던 중 우연히 얻은 아수라 목상에서 기연이 담긴 장보도를 얻게 된다.

좌굉선은 현에서 서책방을 운영하는 노학사에게 은자를 지불하고 장보도 해석을 맡겼다.

얼마 후 장보도를 통해 기연이 잠든 장소에 대해 알게 되자 수하들을 이끌고 곧장 이곳 뢰주 밀림까지 오게 된다.

치밀한 성정의 소유자답게 기연 탐색에 방해되지 않도록 촌락에 하나밖에 없는 객잔에 문도들을 배치해 두었다.

몇몇 무인이 촌락에 왔다가 흑골파 문도들에 의해 쫓겨났다.

덕분에 마음이 급해졌다.

흑골파의 행사가 소문나면 냄새를 맡은 무림인들이 더 몰려올지도 모르니까.

기연이 얽힌 혈겁이란 항상 이런 식으로 발생하게 마련이다.

좌굉선이 문도들을 이끌고 밀림을 헤맨 지 열흘이 지났다.

밀림의 적대적 환경은 역시나 만만치 않다.

몇몇 문도가 독충에 물려 죽거나 폐인이 됐다.

야생동물의 습격에 상처 입은 자도 속출했다.

그럼에도 포기하지 않았다.

이 정도로 그의 야망을 막을 수 없었으니까.

그렇게 밀림을 헤매며 생각에 잠겨 있을 때였다.

"문주님!"

다른 지역을 수색하던 문도다.

"무슨 일이냐."

문도가 벅찬 얼굴로 소리쳤다.

"남쪽에 있는 계곡에서 돌을 쌓아 만든 유적을 발견했습니다!"

"……드디어."

좌굉선의 안광이 욕망으로 물들었다.

이 순간조차 감정의 기복이 극히 적은 것만 봐도 그가 걸물임을 알 수 있는 부분이다.

"가자!"

"예!"

문도를 따라 신법을 펼쳐 밀림을 빠르게 내달렸다.

그렇게 유적 쪽으로 한참을 달리는데 불현듯 한 가지 사실을 깨달았다.

'……곽일이 보이지 않는다!'

수족처럼 여기는 수하였기에 단번에 빈자리를 눈치챘다.

"멈춰!"

좌굉선에 의해 고도로 조련된 문도들이다.

명이 떨어지기 무섭게 걸음을 멈췄다.

그들은 곧장 주변을 경계했다.

"뭔가 있다! 다들 주의하라!"

그때였다.

『감이 좋은데?』

사방으로 웅웅거리는 누군가의 음성.

"……육합전성?"

순간 어두운 밀림 속에 태양이라도 뜬 것마냥 주변이 환한 빛으로 물들었다.

"끄아아악!"

문도 한 명이 허벅지를 부여잡고 주저앉았다.

흑골파 문도들이 일제히 병장기를 빼 들었다.

"적이다!"

"당장 찾아!"

"빌어먹을! 안 보여!"

좌굉선 역시 애검을 뽑았다.

'……어디냐.'

그림자조차 볼 수 없다.

주변이 온통 어두운 밀림인 건 차치하더라도 흉수의 은신 능력이 실로 엄청났다.

육합전성도 그렇고.

평범한 자가 아니다.

-콰르르르릉!

전차가 질주하는 듯한 굉음과 함께 밀림 사이로 무언가 움직이는 것처럼 빛이 산란했다.

-키이잉! 키융!

"크아아악!"

"아아아악!"

좌굉선 옆에 있던 문도 두 명이 풀썩 쓰러졌다.

가공할 경력에 당했는지 눈코입은 물론이고 항문으로도 피를 줄줄 쏟아냈다.

그제야 문도의 어깨를 꿰뚫은 병기를 확인할 수 있었다.

"……돌?"

땅에 떨어진 손가락만 한 돌이 석탄처럼 검게 그을려 연기를 내뿜는다.

좌굉선은 이를 부득 갈았다.

"수치도 모르는 자 같으니! 비겁하게 돌을 던져?"

무림에서 암기술은 비겁하다 여겨 경원시당한다.

예외라면 오직 사천당문뿐.

암기도 이리 지탄받는데 하물며 돌이라니.

무림에서 있을 수 없는 일이다.

욕설에 대한 답은 간단했다.

-번쩍!

또다시 문도 두 명이 쓰러졌다.

정체를 알 수 없는 적이 문도를 한 명 한 명 쓰러뜨리는데 저항조차 할 수 없다니.

너무도 무기력했다.

"아아아악!"

마지막 남은 문도가 쓰러졌다.

남은 건 오직 좌굉선뿐.

등 뒤로 식은땀이 흘렀다.

그 순간.

-콰르르르릉!

봉신연의 속 나타태자를 연상시키는 불꽃의 수레바퀴를 양발에 단 기괴하기 짝이 없는 보신경의 소유자가 날듯이 좌굉선 앞에 착지했다.

"소년?"

몇 년만 지나면 전설의 미남자인 송옥과 반안이 울고 갈 것만 같은 미소년이다.

소년은 등에 화려한 문양이 그려진 전포를 두르고 있었다.

"……강호를 종횡할 때 여자와 노인, 아이를 조심하라 했지. 무림의 격언은 틀리는 법이 없구나."

좌굉선은 소년, 환신을 향해 검을 겨누었다.

"네놈. 나이도 어린 것이 손속이 잔혹하기 그지없구나. 무슨 억하심정으로 본파의 문도들을 상하게 한단 말이냐."

그 말에 좌굉선을 응시하고 있던 환신이 배를 잡고 웃음을 터뜨렸다.

"푸하핫! 뭐라고? 잔혹? 그게 흑도 나부랭이가 할 소리야? 그리고……."

그를 날카롭게 쏘아보며 말했다.

"난 오히려 너희 문도 목숨을 살려준 건데? 자비를 베푼 거라고."

"……무슨 헛소리냐."

환신은 손가락을 들어 좌굉선을 가리키며 입을 열었다.

"너. 불괴수라마공을 얻은 후 문도들을 모두 죽여 살인멸구할 생각이잖아. 품에 있는 그 오독산을 몰래 식사에 뿌려서 말이야."

"뭐, 뭣?!"

좌굉선이 경악하건 말건 빙글빙글 웃으며 말을 이어나갔다.

"이미 장보도를 해석한 노학사와 그 식솔 모두 수하를 시켜 죽여 버렸지? 그 수하는 또 네 손으로 직접 죽여 강에 버렸고. 그런 주제에 뭐? 잔혹? 지나가는 개가 웃겠다."

"네, 네놈이 그걸 어찌……."

'헐, 반응 보니 진짠가 보네. 수라마군 캐릭터 설정에 있던 건데. 역시 악랄한 새끼.'

좌굉선의 눈에서 시퍼런 살의가 떠올랐다.

"……상관없겠지. 이곳에서 네놈은 죽는다."

말이 끝나기 무섭게 좌굉선은 품에서 무언가를 꺼내 환신을 향해 뿌렸다.

검은 모래가 사방으로 퍼졌다.

좌굉선의 입가에 사악한 미소가 맺혔다.

'거금을 들여 구입한 사천당문의 단혼사(斷魂沙)다. 단혼사가 피부에 닿으면 전신에 극독이 퍼져 목숨을 부지하지 못할 것이다.'

허나 일은 생각대로 돌아가지 않았다.

좌굉선이 단혼사를 던진 순간 태양신경총이 발동했다.

태양신경총과 융합된 기린안은 단혼사를 이루는 입자 한 톨까지 완벽히 감지해 냈다.

위기 인식과 동시에 태양속을 전개, 일륜이 반대로 회전한다.

환신의 신형이 미끄러지듯 뒤로 빠지며 단혼사를 피해냈다.

귀신같은 움직임이었다.

"이익!"

가습이 실패했지만 좌굉선은 포기하지 않았다.

연속적으로 흑골파 문주에게 전수되는 독문검법을 전개해 나갔다.

현란한 검초와 함께 일류고수의 막강한 경력이 사방을 휩쓸었다.

하지만…… 통하지 않는다.

환신은 뒷짐을 진 채 일륜보를 펼쳐 머리카락 한 올 차이로 검초를 모두 회피했다.

오히려 일륜보의 열기에 좌굉선의 무복이 타오르고 피부가 벌겋게 익어버렸다.

그렇게 수십 초가 흘렀다.

"허억! 허억!"

수백 번 검을 휘둘러도 옷깃 하나 베지 못하는 현격한 무공 격차에 좌굉선은 절망감에 빠졌다.

하얗게 질린 그의 얼굴을 보고 환신이 피식 웃었다.

"이게 전부? 별거 없네. 역시 개금비의 진짜 힘을 확인하려면 거길 가야겠어. 볼일은 여기까지야."

"……무슨 개소리냐!"

"이런 소리지."

-키융!

"크으윽!"

본능적으로 몸을 틀었다.

하지만, 환신은 한 번 노린 사냥감을 결코 놓치지 않는다.

개금비(蓋金飛) 제2초 회선광(回旋光)이었다.

일양지기를 머금은 돌이 빙그르 선회했다.

-푸슉!

뜨끔한 느낌에 좌굉선은 고개를 숙여 가슴을 보았다.

구멍에서 '치이익' 소리가 난다.

심장이었다.

일양지기를 머금은 돌이 심장을 관통하자 그곳을 중심으로 천천히 타오르며 재로 변했다.

털썩 땅에 쓰러진 좌굉선.

바닥에 꿈틀거리던 그는 가까스로 고개를 들어 환신을 올려보았다.

"다, 다른 문도들은 살려줬으면서 나, 나는 왜애……."

좌굉선은 억울해 미칠 거 같은 표정으로 숨을 거두었다.

환신은 그를 내려다보며 중얼거렸다.

"수라마군이 저지른 수많은 악행을 생각하면 넌 여기서

죽는 게 맞아.”

광동계투에서 생과 사를 오가는 사투를 벌였음에도 여전히 사람을 죽이는 건 어렵다.

하지만…… 필요하면 망설이지 않는다.

타인의 피보다 자신의 피를 아끼기로 하나뿐인 사부와 약속했으니까.

자신이 아니었으면 좌굉선의 손에 죽었을 흑골파 문도들을 쓰윽 내려다보고 태양속을 전개해 다시 밀림 속으로 몸을 던졌다.

일륜이 시커먼 밀림을 질주한다.

-키유웅!

“악!”

보신경을 펼쳐 나뭇가지 위를 달렸다.

눈에 띄는 족족 흑골파 문도에게 개금비를 날려줬다.

유적이 가까워질수록 문도가 점점 많아졌다.

그들 모두 예외 없이 어깨나 허벅지를 꿰뚫렸다.

부상을 입은 흑골파 문도들이 밀림 속에서 죽든 말든 신경도 쓰지 않았다.

흑도 방파의 문도란 조직 폭력배나 마찬가지.

폭력을 동원해 양민을 괴롭히는 자들 따위 일일이 신경 써줘야 될 이유가 어디 있단 말인가.

목숨을 끊지 않은 것만으로도 충분히 자비를 베풀었다.

그 이상은 사치였다.

얼마 지나지 않아 밀림 한쪽에 중동 지역에서 흔히 볼 수 있는 성탑(聖塔, 지구라트) 형태의 유적지를 발견할 수 있었다.

"저기다!"

전력으로 일륜보를 전개했다.

몸이 빛살처럼 전방으로 쏘아져 나갔다.

'지금도 초상비에 준하는 수준인데 절정, 나아가 초절정 고수가 되면 아예 허공을 밟을 수 있겠지?'

물론 그 경지에 도달하기까지 아직 부족했다.

더 많은 경험과 깨달음이 필요하지.

허나 지금 이 순간도 계단을 오르는 것처럼 확실하게 더 높은 경지로 나아가고 있었다.

기린지재의 천재성 덕분이다.

-쇄아악!

수풀을 뚫고 유적이 있는 공터로 뛰쳐나왔다.

동시에 개금비를 발출했다.

"끄아아악!"

시간 끌 것 없이 문답무용으로 일양지기를 머금은 돌을 날려 흑골파 문도 십여 명을 처리했다.

밀림에서 벌인 전투를 통해 환신은 한 가지 사실을 깨달았다.

'개금비 전용 병기도 마련해야겠어.'

돌로도 충분히 개금비의 위력을 뽑아낼 수 있다.

허나 동급 강자를 상대로 신병이기가 주는 이점은 무궁무진하다.

당연하게도.

환신은 신병이기를 얻을 수 있는 기연 역시 알고 있었다.

그것도 아주 많이.

'일단 코앞의 기연부터 챙기고.'

-오늘 얻을 기연을 내일로 미루지 말라!

'제천' 플레이어들 사이에서 유행하는 금언이었다.

정신 놓고 있다 다른 캐릭터가 기연을 채가면 적으로 등장하는 경우가 비일비재하니 당연하지.

바닥을 뒹구는 흑골파 문도들을 버려두고 바람처럼 유적으로 진입했다.

유적 안에 다수의 시체가 쓰러져 있었다.

순간 화살 세례가 쏟아졌다.

독이라도 발랐는지 화살촉이 푸르스름하다.

'기관진식!'

기연이 있으면 함정도 있는 건 강호의 절대 공식.

일체의 함정 없이 얻은 개금비 기연이 오히려 특이한 거다.

화살 세례를 향해 곧장 개금비를 날렸다.

하나가 아니다.

화살 숫자만큼!

개금비(蓋金飛) 제3초 난광(亂光)이 펼쳐졌다.

돌 한 줌이 동시에 발출됐다.

숫자가 많은 만큼 제어를 포기한, 산탄총 같은 한 수였다.

수십 개의 빛줄기가 화살을 말 그대로 녹여 버린다.

환신은 손을 아래로 뻗었다.

흡자결을 펼치자 돌멩이가 손으로 빨려 들어왔다.

개금비 최대 장점.

언제 어디서든 병기를 구할 수 있다.

던질 수 있는 모든 게 치명적인 병기.

이 범용성이야말로 개금비를 무적의 신공으로 만들어주는 여러 장점 중 하나였다.

천장에서 칼날 수백 개가 떨어졌다.

일륜보를 극성으로 펼쳤다.

-쿠르르릉!

화끈한 열기가 사방으로 퍼지며 칼날이 일양지기를 머금은 열풍에 튕겨진다.

임기응변이 숨 쉬듯 자연스럽게 이루어졌다.

이 또한 기린지재가 가져다준 천재성이다.

환신은 유적에 설치된 기관진식을 돌파하며 한 가지 사실을 깨달았다.

'아아. 이게 무림고수구나.'

누구도 자신을 막지 못한다.

무로 이룩한 완전한 자유.

게임 속 무림고수들이 그토록 제멋대로인 이유를 알 거 같았다.

'그럼 절정, 나아가 초절정은? 그 위의 삼천경은 또 어떻고.'

무공 경지를 높이기 위해 돌파해야만 하는 형이상학적인 벽.

위로 올라갈수록 난형난제로 가득했다.

심장이…… 두근거린다.

도전하고, 또 극복할 경지가 있다는 게 이리도 즐거운 일인가?

누군가 수십 년을 고련해도 넘지 못하는 벽을 그저 경이적인 천재성 하나로 돌파하는 게 이리도 짜릿한 일이라는 것 역시 말이다.

화면상으로 이미 수십 번도 넘게 본 유적이다.

가장 빠른 경로로 기관진식을 해체해 가며 목표를 향해 내달렸다.

기관진식을 돌파하고 열주가 늘어선 회랑을 통과하자 아수라가 그려진 석문을 발견할 수 있었다.

두께가 못해도 3자(약 1m)는 될 법한 무지막지한 두께.

환신은 품에서 무언가를 꺼냈다.
돌이 아니다.
이 순간을 위해 준비한 철제 화살촉이었다.
"흡!"
화살촉에 일양지기를 집중시켰다.
-화르르륵!
시뻘겋게 타오르는 화살촉.
서서히 허공에 떠오른 화살촉이 엿가락처럼 녹아내리더니 길게 늘어지기 시작했다.
관자놀이에 핏대가 솟았다.
공력을 12성 극성까지 끌어올린다.
때가 무르익은 순간.
번개처럼 손가락으로 석문을 가리켰다.
동시에 기합을 내질렀다.
"하압!"

[개금비(蓋金飛) 제1초 개(改) 직광포(直光砲)!]

-끼이이이잉!
고막을 찢는 굉음과 함께 본래 화살촉이었던 누런 쇳물이 쏜살같이 석문으로 쏘아졌다.
쇳물은 거짓말처럼 석문 속으로 쑥 빨려 들어갔다.

순간.

석문에서 어마어마한 열기가 뿜어지더니 점점 붉게 물들었다.

이윽고 석재가 부글거리며 용암처럼 찐득하게 녹아내렸다.

거대한 석문을 단숨에 녹여 버리다니!

실로 어마어마한 위력이다.

환신은 그 광경을 보고 숨을 헐떡였다.

"허억! 허억! 하아아. 가까스로 성공시켰네. 고작 일류 수준으론 자유롭게 전개하는 건 무리야. 공력도 너무 부족하고. 중간에 진기 흐름 끊겨서 하마터면 내상 입을 뻔했잖아."

주의해야 한다.

환신은 태음칠절맥을 앓고 있었다.

덕분에 다른 자들에 비해 혈맥을 따라 진기를 움직이는 게 몇십 배 어려웠다.

기린지재가 아니었으면 일초반식조차 펼치기 어려울 정도로.

그만큼 내상과 주화입마를 경계해야 했다.

운기조식으로 기혈을 다스린 후 석실 쪽으로 걸어갔다.

안으로 들어가자 제단이 보인다.

계단을 걸어 올라가 제단 위에 섰다.

그곳에 서책이 있었다.

표지에 불괴수라마공이라 적힌 비급이다.

책장을 넘기자 첫 장에 필자의 성정을 대변하듯 거친 필체로 써진 문장을 볼 수 있었다.

-본좌는 만겁마존이다. 구배지례 따위 필요 없다. 패도를 추구할 자, 불괴수라마공을 익혀라.

"캬아! 이래서 불괴수라마공이 좋다니까. 만겁마존 행님 상남자 그 자체."

굳이 번거롭게 절도 안 시키고.

좋잖아!

조용히 비급을 품에 집어넣었다.

안전한 곳에서 익혀야지.

"그 전에 한 가지. 더 챙길 게 있지."

생각과 동시에 개금비가 발출됐다.

석실을 이루는 벽돌 세 개를 순차적으로 두들겼다.

그러자 이변이 일어났다.

-쿠르르릉!

기관장치가 돌아가며 석실 한쪽이 열렸다.

날듯이 신법을 펼쳐 밀실로 들어갔다.

그곳에 푸른 해골이 가부좌를 튼 채 앉아 있었다.

불괴수라마공을 익힌 자의 특징, 청골(青骨)이다.

청골인, 만겁마존은 까마귀 깃털을 잔뜩 달아놓은 듯한 기괴한 형태의 전포(戰袍)를 두르고 있었다.

환신은 밀실 바닥에 강기로 단숨에 새긴 글자를 읽어 내려갔다.

-패도는 곧 욕망. 욕망이 이끄는 대로 거침없이 질주하라. 본좌와 직접 대면한 인연자에게 신물인 흑익신화포(黑翼神話袍)를 남긴다.

"……와아. 이걸 직접 보게 될 줄이야."

무림에는 수많은 신병이기, 기진이보가 존재한다.

천하를 떠돌며 기연을 쫓다 보면 흑익신화포보다 더한 위력을 지닌 병기를 얻게 될지도 모르지.

하지만 누구에게나 취향이란 게 존재한다.

흑익신화포 기연을 발견한 이래 매 회차마다 예외 없이 이걸 손에 넣었다.

"다 필요 없고. 일단 멋있잖아."

환신은 이빨로 손가락을 깨물었다.

피가 줄줄 흐르자 손을 휘저어 흑익신화포에 뿌렸다.

-후드득!

까마귀 깃털에 묻은 찐득한 피.

순간.

-두쿵!

흑익신화포를 중심으로 붉은 파동이 일었다.

멈춰 있던 심장이 뛰듯, 그렇게.

-휘리리릭!

만겁마존의 등에 있던 흑익신화포가 번개처럼 환신의 어깨로 날아들었다.

살아 있는 생물처럼 착용하고 있던 화려한 문양의 전포를 바닥으로 집어 던지고 환신의 등을 차지해 버렸다.

"와, 이런 느낌이었어?"

반려동물처럼 친근하게 몸을 비비는 흑익신화포를 손으로 쓰다듬었다.

따뜻했다.

"……근데 망토는 어디가 몸인 거야? 여기 모서리가 손인가?"

모르겠다.

아무렴 어때.

환신은 흑익신화포가 바닥에 내던진 화려한 문양의 전포를 주워 만겁마존에게 정중히 입혀주었다.

기연을 내려준 고대의 절대고수 만겁마존에게 예우를 갖추기 위해 미리 준비한 전포였다.

이제 흑익신화포에 집중할 차례다.

천잠사로 짠 천잠보의에 각종 최상급 재료를 추가했다.

여기에 당대 최고의 술사들을 동원해 기이한 술법을 쏟아부어 완성한 흑익신화포가 전신을 착 감쌌다.

"크으, 촉감 죽이고! 완전 명품이 따로 없구만!"

기린지재가 본능적으로 흑익신화포의 사용법을 알려준다.

진기를 주입하자 바닥에 길게 그림자가 뻗어 나왔다.

망설임 없이 그림자 안으로 몸을 던졌다.

어두운 통로, 아니, 공간 그 자체를 휙휙 지나는 감각.

그림자 세계 속의 수많은 문을 통해 거울처럼 훤히 밖을 내다볼 수 있었다.

미세한 열기를 품은 문 하나하나가 외부 세계와 연결된 그림자겠지.

'……젠장, 진기 소모가 너무 심해. 빨리 나가야겠어.'

아까 올라갔던 제단이 보이자 그 문으로 몸을 던졌다.

-출~렁!

제단에 드리운 그림자가 물결치더니 환신이 불쑥 튀어나왔다.

흑익신화포의 기능 중 하나.

흑영도약(黑影跳躍)이다.

"……크으, 이거지!"

천고의 기물이 따로 없었다.

-펄럭. 펄럭.

바람 한 점 없는 곳에서 스스로 나풀거리다니.

멋짐에 최적화된 신병이었다.

-부비부비.

"……애교도 만점이고."

이런 판타지적 요소 역시 '제천'의 전 세계적 메가, 아니, 기가 히트의 원천이었다.

"좋아. 가자!"

태음칠절맥 발작이 일어나기 전에 서둘러 이곳을 빠져나가야 했다.

30분 정도 남았지만 문제없다.

환신은 태양속을 전개해 엄청난 속도로 석실을 뛰쳐나왔다.

회랑을 지나며 개금비를 발출했다.

-키이잉! 키유웅!

일양지기를 머금은 돌이 직광 초식의 묘리로 쏘아져 열주를 관통한다.

돌이 뚫고 지나간 기둥이 무게를 이기지 못하고 쩍쩍 금이 갔다.

-콰르르르릉!

하나둘 무너지기 시작하는 기둥.

동시에 지진이라도 난 듯 유적이 엄청난 기세로 흔들렸다.

지상으로 탈출하자 다시 한번 우르릉하는 굉음과 함께 성탑 형태의 유적이 붕괴되며 순식간에 땅속으로 빨려 들어갔다.

모래 먼지가 버섯처럼 구름을 이뤄 밀림의 하늘을 자욱하게 물들였다.

힐끔 무너지는 유적을 보며 중얼거렸다.

"편히 휴식을 취하시길."

기연을 내려준 만겁마존에게 바치는 완전한 영면.

더 이상 무림인들이 도굴꾼처럼 유적을 뒤지는 일 따위 없겠지.

만겁마존의 영원한 안식을 빌며 빠르게 밀림을 빠져나갔다.

갈 길이 바빴다.

'기연 수확은 이제 시작일 뿐이야.'

또 다른 기연이 환신을 기다리고 있었다.

산속 깊은 곳에 위치한 작은 암자.

오랫동안 방치돼 폐허가 된 암자로 들어가면 과거 수많은 향화객의 소망을 들어주던 불상 하나가 단상 위에 덩그러니 놓인 걸 볼 수 있었다.

헌데 이상했다.

족히 수백 년은 방치됐을 법한 암자에 인기척이 느껴지

니 말이다.

불상 뒤쪽 공간의 육중한 석재 바닥이 열려 있었다.

단상의 한 부분을 누르면 기관이 작동해 뚜껑이 열리는 구조다.

지하로 내려가 통로를 지나자 석실이 모습을 드러냈다.

내부는 촛불이라도 켠 듯 은은한 빛으로 가득했다.

석실 한가운데 까마귀 깃털이 잔뜩 박힌 전포를 걸친 인물이 서 있다.

환신이다.

그의 전신에서 웅웅거리며 금광이 파도치듯 일렁이고 있었다.

광자대력기를 운용할 때 나타나는 현상이다.

금광에 의지한 채 환신이 보고 있는 건 지하 석실 벽에 걸려 있는 한 장의 불화(佛畫)였다.

여덟 명의 부처가 수많은 점과 선으로 연결된 천체의 운행을 배경으로 참선에 열중하고 장면이 그려져 있었다.

환신은 눈을 부릅뜬 채 불화를 응시했다.

그런 환신의 손이 기이하게 움직였다.

이름 없는 무인도에서처럼 무공 초수를 연구하는 움직임이 아니다.

마치 퍼즐을 맞추는 듯한 손동작이었다.

'제천에서 기연 얻는 방법 중에 퍼즐 푸는 게 제법 있어서

현실에선 어떻게 구현했을까 궁금했는데 이런 느낌이네.'

단순히 퍼즐을 맞추는 게 전부가 아니다.

그 와중에 한 가닥 깨달음의 조각을 낚아채 숨겨진 초식을 찾아내는 것.

개금비 기연과 비교했을 때 전혀 다른 차원의 불친절함이었다.

평범한 오성과 재능을 지닌 자라면 몇 년을 고련해도 불화에 숨겨진 무공의 실마리조차 찾지 못하겠지.

머릿속에 삼차원 공간을 구축하고 그 안에 209층짜리 부르즈 할리파를 나사 하나까지 건설하는 수준의 난해함이었다.

어려운 게 당연했다.

물론 환신에겐 해당 사항 없는 일이다.

기린지재의 천재성과 태음칠절맥의 지능이 결합되자 1시간도 채 안 돼 불화 속에 숨겨진 여덟 개의 무공 초식과 투로를 발굴해 낼 수 있었다.

눈을 뜬 환신이 입가에 미소를 지으며 중얼거렸다.

"부처의 위대한 법열이 담긴 불세출의 도법, 천애무아도(天涯無我刀). 겟!"

'제천' 세계관에 존재하는 수많은 도법 중에서도 손에 꼽힐 가공할 도법이다.

환신은 손바닥을 곧게 펴 수도를 만들어 천천히 천애무

아도를 전개했다.

불법의 현현인 천애무아도지만 자애로운 부처를 의미하지 않는다.

오히려 마구니에 대한 부처의 가혹한 철퇴를 상징했다.

진기를 거의 주입하지 않았음에도 천애무아도의 장중하면서도 오묘한 초식이 투로에 그대로 묻어났다.

1초부터 8초까지 천애무아도의 초식을 전개했다.

천애무아도를 훌쩍 뛰어넘는 최고 수준의 무학인 개금비를 익힌 환신으로서도 천애무아도의 파괴력과 무궁무진한 조화에 놀라지 않을 수 없었다.

"이 정도면 어지간한 놈들은 도초를 뿌리면 정신 못 차리고 죽어 나자빠지겠는데?"

또 천애무아도는 내가기공의 성질을 타지 않는다.

그저 순응할 뿐.

한 가지 더.

천애무아도의 진정한 힘은 바로 연환식에 있었다.

초식이 중첩될수록 위력이 곱절로 늘어나는 것이다.

"……어라? 1성 돌파해 버렸네?"

누가 천재 아니랄까 봐 초식 몇 번 펼친 걸로 벌써 천애무아도 입문에 성공해 버렸다.

"근데 역시 절세 도법이라 난해해. 이 이상 경지를 높이려면 연습 좀 해야겠어."

아무리 환신이라도 초상승무공을 대성하려면 시간이 필요했다.

그렇다.

'시간'만 있으면 어떤 무공이든 대성할 수 있다.

그게 바로 기린지재였다.

물론 마냥 좋기만 한 건 아니다.

환신은 이를 바득 갈았다.

"이놈의 태음칠절맥만 아니었으면 이런 개고생 따위 안 했을 텐데."

환신에게 무공을 펼치는 건 일종의 곡예다.

전신 칠대혈을 굳건히 막고 있는 태음지기 벽 안의 좁디좁은 계곡을 마치 곡예비행 하듯 통과해야 한다.

기린지재만의 '기 민감성'이 아니었으면 시도조차 해보지 못했을, 묘기 그 자체였다.

덕분에 환신은 전체 내공 출력의 2할도 채 쓰지 못하고 있었다.

"대충 이 정돈가."

석실 바닥에 철퍼덕 누워 생각에 잠겼다.

"일단 필요한 기연은 대부분 확보했어."

광동성 전체를 쭉 훑으며 상승절학이라 불릴 만한 기연을 모두 수습했다.

최소가 상승절학이다.

개중엔 초상승무공도 있었다.
이걸로 끝이 아니다.
공력을 보충하기 위해 영물과 영단 기연도 휩쓸었다.
자잘한 건 거르고 굵직한 거 위주로.
그 과정에서 기연의 수호자들을 상대로 목숨을 건 사투를 펼치거나 기관진식을 돌파해야 했다.
하지만 머릿속에 있는 공략법과 개금비의 막강한 위력으로 무난히 승리하고 기연을 쟁취할 수 있었다.
오히려 천애무아도처럼 퍼즐 푸는 기연이 더 어려울 지경이다.
물론 아직 극초반이라 그럴 뿐.
시간이 지나면 기연을 놓고 피비린내 나는 쟁탈전을 벌이는 경우가 잦아 획득이 점점 어려워진다.
"그러니까 꿀 빨 수 있을 때 빨아줘야지!"
이제 진정한 '제천'의 시작을 위한 사전 준비에 들어가야 했다.
"초반 빌드업을 어떻게 하느냐에 따라 선택지가 완전히 달라지거든."
기연도 기연이지만 그에 못지않게 중요한 것이 바로 주요 캐릭터와의 '인연'이다.
'제천'은 인연에서 시작해 인연으로 끝난다는 말이 있을 정도로 인연 시스템이 중요한 비중을 차지한다.

어떤 캐릭터와 인연을 맺고 루트를 따라가느냐에 따라 서브 퀘스트는 물론이고 메인 스토리까지 전혀 달라지니 당연했다.

은혜를 베풀면 양질의 퀘스트로 보답하고 원한을 맺으면 복수하기 위해 떼로 몰려오기도 하지.

수십 회차 동안 업적도 99%에 막혀 있던 환신은 완전히 새로운 길을 걸어야 했다.

"지금까지 모은 기연을 가지고 광동삼살 영입하러 가야겠어. 추룡한테 천애무아도 주면 좋아하겠지."

40회차 전쯤 주력으로 사용했던 도법인 만큼 얼마나 끝내주는 성능인지 누구보다 잘 알고 있었다.

불괴수라마공의 폭발적인 파괴력과 결합하면 그야말로 아수라의 현신급 위용을 보여줄 것이다.

"물론 그냥 갈 순 없지."

일류의 극에 달한 경지론 부족하다.

"이 시점에 이 정도 경지는 지난 회차에도 도달했어."

그래선 안 된다.

태음칠절맥이라는 말도 안 되는 페널티를 안고 기린지재라는 초월적인 특성을 얻었는데 고작 지난 회차와 같은 수준에 머물라고?

있을 수 없는 일이었다.

"……물론 순서가 바뀌긴 했지만 아무튼!"

좀 더 압도적인 강함을 손에 넣어야 했다.

'그곳'에서 성과를 거두려면 말이다.

"여기서 절정의 벽을 돌파하는 거야."

환신은 기관장치를 조작했다.

족히 2장(6m)은 될 법한 두께의 석문이 굳게 닫혔다.

내부를 완전히 밀폐시킨 후 석실 중앙에 가부좌를 틀었다.

절정의 경지에 도전하기 전에 할 일이 있다.

흑영낭에서 두툼한 가죽끈을 꺼내 조용히 입에 물었다.

시간이다.

곧 전신 칠대혈에서 태음지기가 혈맥을 타고 흐르며 고통이 시작됐다.

절맥 발작과 동시에 광자대력기를 운용했다.

선천지기를 모으기 위해서였다.

그러자 고통이 더욱 커졌다.

'아아악! 으아아아악!'

내적 비명과 함께 이빨이 부러지지 않을까 걱정될 정도로 가죽끈을 꽉 깨물었다.

'……주, 죽을 거 같아.'

하지만 어쩌겠는가.

선천지기의 묘용이 그만큼 끝내주는데.

무공을 펼칠 때 선천지기를 아주 조금 가미하는 것만으로도 위력이 천양지차다.

첨단 소재에 희토류를 가미하면 성능이 확 오르는 느낌이랄까.

지옥 같은 고통에도 도저히 포기할 수 없었다.

인간의 욕망이란 이토록 지독한 것이었다.

차 한 잔 마실 시간이 지났을까.

절맥 발작이 그쳤다.

신경질적으로 가죽끈을 퉤 하고 뱉었다.

그리고 조용히 무릎 꿇고 앉아서 머리카락을 쥐어뜯었다.

"……시발! 대체 언제까지 이래야 되는 건데!"

환신은 시뻘겋게 충혈된 눈으로 중얼거렸다.

"양대신의……. 양대신의를 잡아야 돼! 필요하면 잡아 족쳐서라도 치료를 받아야……."

환신의 눈동자에서 섬뜩한 광채가 번뜩였다.

누가 봐도 주화입마의 징조였다.

지옥 같은 고통이 마(魔)에게 손짓하고 있었다.

잠시 자학의 시간을 가진 후 흑영낭에 가죽끈을 던져 넣고 무언가를 꺼냈다.

기연을 통해 얻은 금령단이란 영약이었다.

공력 증진에 탁월한 효능을 자랑하는 상급 영단이다.

그간의 경험으로 금령단이 경지를 높일 때 큰 효능을 발휘한다는 사실을 알고 있었다.

더 이상 망설일 이유 따위 없었다.

곧장 금령단을 입에 털어 넣고 운기조식에 돌입했다.

환신이 운기하는 건 다름 아닌 불괴수라마공.

상처 입은 기혈을 빠르게 복원시키는 재생능과 폭발적인 파괴력이면 단숨에 경지를 돌파할 수 있을 거란 계산 때문에 선택했다.

불괴수라마공을 운용하자 기괴한 장면이 펼쳐졌다.

얼굴 좌측이 붉은색, 우측이 푸른색으로 물든 것이다.

피부 아래 혈관이 울룩불룩 튀어나왔다 들어가기를 반복했다.

동시에 폭발적인 기운이 사방으로 퍼졌다.

불괴수라마공 특유 기공 수라마기(修羅魔氣)였다.

광자대력기와 전혀 다른 성질을 지닌, 파괴의 화신 아수라의 힘을 모방한 강대한 힘이다.

거칠고 패도적인 기공인지라 운용이 극도로 까다롭지만, 기린지재에 예외란 없었다.

성난 망아지마냥 미친 듯이 날뛰는 수라마기의 고삐를 단단히 쥐고 능수능란하게 다뤘다.

노도와도 같은 기세로 혈맥을 타고 흐르는 수라마기.

하지만 언제나처럼 태음지기의 벽이 수라마기를 가로막았다.

여기서부턴 아무리 환신이라도 쉽지 않다.

등 뒤로 식은땀을 흘리며 수라마기를 살살 달래가며 태

음지기의 벽을 통과시켰다.

공력을 일주천한 수라마기가 노리는 건 미간 사이의 인당혈.

절정의 벽을 넘어 검기상인에 도달하려면 진기의 유통을 뇌까지 연결하는 작업을 거쳐야 했다.

무학에서 말하는 양광이현(陽光二現)의 경지다.

그 과정에서 하단전과 미간을 잇는 기혈을 개통하기 위해 이를 막고 있는 벽을 허물어뜨려야 했다.

태음지기의 벽과 달리 충분한 힘을 가하면 뚫을 수 있었다.

환신은 수라마기를 일주천한 기세 그대로 힘을 모아 인당혈을 막고 있는 벽을 때렸다.

-쾅!

머릿속에 천둥이 치는 듯한 굉음이 들렸다.

동시에 엄청난 고통이 전신을 때렸다.

하지만…….

'뭐야. 별로 안 아픈데?'

태음칠절맥 고통에 비하면 새 발의 피 수준이다.

절맥 발작이 가져다준 예상외의 순기능이었다.

별로 달갑진 않지만.

'……근데 왜 아프기만 하고 꿈쩍도 안 해!'

다시 수라마기를 일주천한 후 회전력을 이용해 인당혈

의 벽과 충돌시켰다.

-콰쾅!

소용없었다.

몇 차례 더 시도했지만 뚫지 못했다.

'……젠장. 칠대혈 통과하는 과정에서 속도가 너무 느려져서 충분한 회전력이 만들어지지 않아.'

이놈의 태음칠절맥은 생전 도움이 안 된다.

사사건건 방해였다.

실로 기린지재라는 괴물 같은 재능에 어울리는 사상최강의 페널티.

아주 지긋지긋했다.

악재는 이걸로 끝이 아니었다.

운기조식이 길어지자 수라마기가 태음지기와 조금씩 융합돼 점점 냉기를 발산하기 시작했다.

태음칠절맥 발작이 일어날 징조였다.

'헉, 미친? 이건 예상 못 했는데!'

이대로는 절정의 경지를 돌파하는 건 고사하고 태음지기가 침투해 혈맥이 꽁꽁 얼어붙고 단전에 금이 갈 가능성이 있었다.

불괴수라마공의 가공할 재생능으로도 단전과 기혈에 손상을 입으면 하루 이틀 안에 회복이 불가능했다.

앞으로 할 일이 태산인 환신이다.

그런 손해를 감수할 수 없었다.

하면 이 상황을 어떻게 해결해야 될까.

'어쩌지. 절정지경 도전 포기해?'

바로 그 순간.

기린안이 발동했다.

일류고수의 경지에 오르자 기린안은 한 단계 진화했다.

단순히 기와 영력의 흐름을 볼 수 있던 것에서 벗어나 신체 내부 오장육부는 물론이고 혈맥까지 손금 보듯 볼 수 있게 되었다.

아니, 보는 게 아니다.

뇌에 그려지는 것이다.

환신의 눈동자가 기묘하게 일렁였다.

기린지재의 천재성은 기린안으로 얻은 정보를 계산해 인당혈의 벽을 돌파하기 위한 최적의 루트를 도출해 냈다.

'각이 섰는데 뭘 망설여! 질러!'

곧장 수라마기를 극성으로 끌어올렸다.

그러자 이변이 일어났다.

가부좌를 튼 환신의 등 뒤로 아지랑이처럼 기이한 영기가 피어오르는 것이다.

마치…… 거대한 팔처럼 보이는 네 개의 영기 덩어리.

좌우 붉고 푸른 무시무시한 얼굴에 여섯 개의 팔을 지닌 아수라의 현현!

'여기닷!'

-쾅쾅쾅!

수라마기가 기혈을 질주해 인당혈의 벽을 연속으로 세 번 두드리자 기어코 뚫렸다.

-화아아악!

양미간 사이로 번갯불을 연상시키는 날카로운 빛이 번뜩였다.

금광, 적광, 청광이 연속으로 교차한다.

환신이 눈을 떴다.

-번쩍!

눈동자 깊숙한 곳에서 흘러나온 기광에 어두운 석실이 일순 대낮처럼 밝아졌다 다시 어둠 속으로 가라앉았다.

"후우우……."

환신은 깊은 한숨을 토했다.

잠시 운기요상을 통해 기혈을 다스렸다.

어느 정도 안정이 되자 흑영낭에서 화살촉을 하나 꺼냈다.

화살촉에서 폭발적인 금광과 함께 무지막지한 열기가 뿜어지더니 황금색 칼날이 불쑥 튀어나왔다.

절정고수의 상징.

검기였다.

그것도 광자대력기로 구현한 광자검기(光子劍氣).

"오오오! 젠장! 멋져! 그럼 이것도 되려나?"

화살촉을 하나 더 꺼냈다.

거기서도 광자검기가 피어올랐다.

일류고수일 때 하나밖에 다룰 수 없었던 투사체가 절정의 경지에 이르자 두 개로 늘어났다.

광자검기를 머금은 화살촉이 파르르 떨더니 '키이융-'하는 기음과 함께 석실 내부를 미친 듯이 쏘아지며 금빛 궤적을 낳는다.

직각 운동은 물론이고 수십 차례 기이한 각도로 뻗어 나가는 화살촉의 움직임에 석실 벽이 녹으며 기하학적인 흔적을 남겼다.

이윽고 화살촉은 환신의 미간 앞에 우뚝 멈춰 섰다.

화살촉을 잡아채 흑영낭 안으로 갈무리한 환신의 입가에 미소가 걸려 있었다.

자신이 생겼다.

광동삼살을 영입할 자신이 말이다.

"돌아가자."

모든 것이 시작된 곳.

광주 성도로.

To Be Continued